COLLEC

D0204432

Simone de Beauvoir

Les belles images

Gallimard

Simone de Beauvoir a écrit des Mémoires où elle nous donne elle-même à connaître sa vie, son œuvre. Quatre volumes ont paru de 1958 à 1972 : *Mémoires d'une jeune fille rangée, La Force de l'âge, La Force des choses, Tout compte fait,* auxquels s'adjoint le récit de 1964 *Une mort très douce.* L'ampleur de l'entreprise autobiographique trouve sa justification, son sens, dans une contradiction essentielle à l'écrivain : choisir lui fut toujours impossible entre le bonheur de vivre et la nécessité d'écrire, d'une part la splendeur contingente, de l'autre la rigueur salvatrice. Faire de sa propre existence l'objet de son écriture, c'était en partie sortir de ce dilemme.

Simone de Beauvoir est née à Paris le 9 janvier 1908. Elle fit ses études jusqu'au baccalauréat dans le très catholique Cours Désir. Agrégée de philosophie en 1929, elle enseigna à Marseille, Rouen et Paris jusqu'en 1943. *Quand prime le spirituel* fut achevé bien avant la guerre de 1939 mais ne paraîtra qu'en 1979. C'est *L'Invitée* (1943) qu'on doit considérer comme son véritable début littéraire. Viennent ensuite *Le sang des autres* (1945); *Tous les hommes sont mortels* (1946); *Les Mandarins,* roman qui lui vaut le prix Goncourt en 1954, *Les Belles Images* (1966) et *La Femme rompue* (1968).

Outre le célèbre *Deuxième Sexe,* paru en 1949, et devenu l'ouvrage de référence du mouvement féministe mondial, l'œuvre théorique de Simone de Beauvoir comprend de nombreux essais philosophiques ou polémiques, *Privilèges,* par exemple (1955), réédité sous le titre du premier article *Faut-il brûler Sade?* et *La Vieillesse* (1970). Elle a écrit, pour le théâtre, *Les Bouches inutiles* (1945) et a raconté certains de ses voyages dans *L'Amérique au jour le jour* (1948) et *La Longue Marche* (1957).

Après la mort de Sartre, Simone de Beauvoir a publié *La Cérémonie des adieux* en 1981, et les *Lettres au Castor* (1983) qui rassemblent une partie de l'abondante correspondance qu'elle reçut de lui. Jusqu'au jour de sa mort, le 14 avril 1986, elle a collaboré activement à la revue fondée par elle et Sartre, *Les Temps Modernes,* et manifesté sous des formes diverses et innombrables sa solidarité totale avec le féminisme.

A Claude Lanzmann

CHAPITRE PREMIER

« C'est un mois d'octobre... exceptionnel », dit Gisèle Dufrène; ils acquiescent, ils sourient, une chaleur d'été tombe du ciel gris-bleu — Qu'est-ce que les autres ont que je n'ai pas? — ils caressent leurs regards à l'image parfaite qu'ont reproduite *Plaisir de France* et *Votre Maison :* la ferme achetée pour une bouchée de pain — enfin, disons, de pain brioché — et aménagée par Jean-Charles au prix d'une tonne de caviar. (" je n'en suis pas à un million près ", a dit Gilbert), les roses contre le mur de pierre, les chrysanthèmes, les asters, les dahlias " les plus beaux de toute l'Ile-de-France ", dit Dominique; le paravent et les fauteuils bleus et violets — c'est d'une audace! — tranchent sur le vert de la pelouse, la glace tinte dans les verres, Houdan baise la main de Dominique, très mince dans son pantalon noir et son chemisier éclatant, les cheveux pâles, mi-blonds, mi-blancs, de dos on lui donnerait trente ans. " Dominique, personne ne sait recevoir comme vous. " (Juste en ce moment, dans un autre jardin, tout à fait différent, exactement pareil, quelqu'un dit ces mots et le même sourire se pose sur un autre visage : « Quel merveilleux dimanche! » Pourquoi est-ce que je pense ça?)

Tout a été parfait : le soleil et la brise, le barbecue, les steaks épais, les salades, les fruits, les vins. Gilbert a raconté des histoires de voyage et de chasses au Kenya, et puis il s'est absorbé dans ce casse-tête japonais, encore six morceaux à placer, et Laurence a proposé le test du passeur, ils se sont passionnés, ils adorent s'étonner sur eux-mêmes et rire les uns des autres. Elle s'est beaucoup dépensée, c'est pour ça que maintenant elle se sent déprimée, je suis cyclique. Louise joue avec ses cousins au fond du jardin; Catherine lit devant la cheminée où flambe un feu léger : elle ressemble à toutes les petites filles heureuses qui lisent, couchées sur un tapis. *Don Quichotte;* la semaine dernière, *Quentin Durward*, ce n'est pas ça qui la fait pleurer la nuit, alors quoi? Louise était tout émue : Maman, Catherine a du chagrin, la nuit elle pleure. Les professeurs lui plaisent, elle a une nouvelle petite amie, elle se porte bien, la maison est gaie.

— Encore en train de chercher un slogan? dit Dufrène.

— Il faut que je persuade les gens de recouvrir leurs murs avec des panneaux de bois.

C'est commode; quand elle s'absente, on pense qu'elle cherche un slogan. Autour d'elle on parle du suicide manqué de Jeanne Texcier. Une cigarette dans la main gauche, la main droite ouverte et levée comme pour prévenir les interruptions, Dominique dit, de sa voix autoritaire et bien timbrée : « Elle n'est pas tellement intelligente, c'est son mari qui a fait sa carrière, mais tout de même, quand on est une des femmes les plus en vue de Paris, on ne se conduit pas comme une midinette! »

Dans un autre jardin, tout à fait différent, exactement pareil, quelqu'un dit : « Dominique Langlois, c'est Gilbert Mortier qui a fait sa carrière. » Et c'est injuste, elle est entrée à la radio par la petite porte, en 45, et elle est arrivée à la force des poignets, en travaillant comme un cheval, en piétinant ceux qui la gênaient. Pourquoi prennent-ils tant de plaisir à se mettre en pièces les uns les autres? Ils disent aussi, Gisèle Dufrène le pense, que maman a mis le grappin sur Gilbert par intérêt : cette maison, ses voyages, sans lui elle n'aurait pas pu se les offrir, soit; mais c'est autre chose qu'il lui a apporté; elle était tout de même désemparée après avoir quitté papa (il errait dans la maison comme une âme en peine, avec quelle dureté elle est partie aussitôt Marthe mariée); c'est grâce à Gilbert qu'elle est devenue cette femme tellement sûre d'elle. (Évidemment, on pourrait dire...)

Hubert et Marthe reviennent de la forêt avec dans leurs bras d'énormes bouquets de feuillage. La tête rejetée en arrière, un sourire figé sur ses lèvres, elle marche d'un pas allègre : une sainte, ivre du joyeux amour de Dieu, c'est le rôle qu'elle joue depuis qu'elle a trouvé la foi. Ils reprennent leurs places sur les coussins bleus et violets, Hubert allume sa pipe qu'il est bien le dernier homme en France a appeler « ma vieille bouffarde ». Son sourire de paralytique général, son embonpoint. Quand il voyage il porte des lunettes noires : « J'adore voyager incognito. » Un excellent dentiste qui pendant ses loisirs étudie consciencieusement le tiercé. Je comprends que Marthe se soit inventé des compensations.

— En Europe, l'été, vous ne trouvez pas une

plage où vous ayez seulement la place de vous allonger, dit Dominique... Aux Bermudes, il y en a d'immenses, presque désertes, où personne ne vous connaît.

— Le petit trou cher, quoi, dit Laurence.

— Et Tahiti? Pourquoi n'êtes-vous pas retournés à Tahiti? demande Gisèle.

— En 1955, Tahiti, c'était bien. Maintenant, c'est pire que Saint-Tropez. C'est d'un banal...

A vingt ans de distance. Papa suggérait Florence, Grenade; elle disait : « Tout le monde y va, c'est d'un banal... » Voyager tous les quatre en auto : la famille Fenouillard, disait-elle. Il se promenait sans nous en Italie, en Grèce, et nous villégiaturions dans des endroits chics; enfin que Dominique en ce temps-là tenait pour chics. Maintenant elle traverse l'océan pour prendre ses bains de soleil. A Noël, Gilbert l'emmènera réveillonner à Balbeck...

— Il paraît qu'au Brésil il y a des plages magnifiques, qui sont vides, dit Gisèle. Et on peut faire un saut à Brasilia. Je voudrais tant voir Brasilia!

— Ah! non! dit Laurence. Déjà les grands ensembles des environs de Paris, c'est d'un déprimant! Alors toute une ville sur ce modèle-là!

— Tu es comme ton père, une passéiste, dit Dominique.

— Qui ne l'est pas? dit Jean-Charles. Au temps des fusées et de l'automation, les gens gardent la même mentalité qu'au xixe siècle.

— Pas moi, dit Dominique.

— Toi, tu es exceptionnelle en tout, dit Gilbert d'un ton convaincu (ou plutôt emphatique : il se tient toujours à distance de ses paroles).

— En tout cas les ouvriers qui ont bâti la ville

sont de mon avis : ils n'ont pas voulu quitter leurs maisons de bois.

— Ils n'avaient guère le choix, ma chère Laurence, dit Gilbert. Les loyers de Brasilia sont très au-dessus de leurs moyens.

Un léger sourire arrondit sa bouche, comme s'il s'excusait de ses supériorités.

— Brasilia, aujourd'hui, c'est très dépassé, dit Dufrène. C'est encore une architecture où le toit, la porte, le mur, la cheminée ont une existence distincte. Ce qu'on cherche à réaliser maintenant, c'est la maison synthétique où chaque élément est polyvalent : le toit se confond avec le mur et coule au milieu du patio.

Laurence est mécontente d'elle; elle a dit une sottise, évidemment. Voilà où ça mène de parler de choses qu'on ne connaît pas. Ne parlez pas de ce que vous ne connaissez pas, disait Mlle Houchet. Mais alors on n'ouvrirait jamais la bouche. Elle écoute en silence Jean-Charles qui décrit la cité future. Inexplicablement, ça le ravit, ces merveilles à venir qu'il ne verra jamais de ses yeux. Ça l'a ravi d'apprendre que l'homme d'aujourd'hui dépassait de plusieurs centimètres celui du Moyen Age, qui était lui-même plus grand que l'homme de la préhistoire. Ils ont de la chance de pouvoir se passionner ainsi. Une fois de plus, et toujours avec le même feu, Dufrène et Jean-Charles discutent sur la crise de l'architecture.

— Il faut trouver des crédits, oui, dit Jean-Charles, mais par d'autres moyens. Renoncer à la force de dissuasion, ce serait tomber hors de l'Histoire.

Personne ne répond; dans le silence s'élève la voix

inspirée de Marthe : « Si tous les peuples consentaient ensemble à désarmer! Vous avez lu le dernier message de Paul VI? »

Dominique la coupe avec impatience : « Des gens tout à fait autorisés m'ont affirmé que si la guerre éclatait, vingt ans suffiraient pour que l'humanité se retrouve au stade où elle est aujourd'hui. »

Gilbert relève la tête, il ne lui reste que quatre morceaux à caser : « Il n'y aura pas la guerre. La distance entre les pays capitalistes et les pays socialistes va bientôt finir par s'annuler. Parce qu'à présent, c'est la grande révolution du xxᵉ siècle, produire est plus important que posséder. »

Alors, pourquoi dépenser tant d'argent en armements? se demande Laurence. Mais Gilbert connaît la réponse, elle ne veut plus se faire mettre en boîte. D'ailleurs Jean-Charles a répondu : sans la bombe, on tomberait hors de l'Histoire. Qu'est-ce que ça veut dire au juste? Ça serait sûrement une catastrophe, tout le monde a eu l'air consterné.

Gilbert se tourne aimablement vers elle :

— Vous viendrez vendredi. Je veux vous faire entendre ma nouvelle installation haute fidélité.

— La même que celle de Karim et d'Alexandre de Yougoslavie, dit Dominique.

— C'est vraiment une merveille, dit Gilbert. Quand on l'a entendue, on ne peut plus écouter de musique sur un appareil ordinaire.

— Alors je ne veux pas l'entendre, dit Laurence. J'aime bien écouter de la musique. (Ce n'est pas vrai, en fait. Je dis ça pour être drôle.)

Jean-Charles semble très intéressé :

— Combien faut-il compter, au minimum, pour une bonne chaîne haute fidélité?

— Au minimum, au strict minimum, vous pouvez avoir une chaîne mono pour trois cent mille anciens francs. Mais ce n'est pas ça, pas ça du tout.

— Pour avoir quelque chose de vraiment bien, ça va chercher aux environs d'un million? demande Dufrène.

— Écoutez : une bonne enceinte, sur mono, vaut de six cent mille au million. En stéréo, comptez deux millions. Je vous conseille le mono plutôt qu'un médiocre stéréo. Un ampli-préampli valable coûte dans les cinq cent mille francs.

— C'est ce que je disais : au minimum un million, dit Dufrène dans un soupir.

— Il y a des manières plus bêtes de dépenser un million, dit Gilbert.

— Si Vergne emporte l'affaire du Roussillon, je nous offre ça, dit Jean-Charles à Laurence. — Il se tourne vers Dominique : — Il a une idée assez formidable pour un des ensembles-loisirs qu'on est en train de bâtir là-bas.

— Vergne a des idées formidables. Mais elles ne sont pas souvent réalisées, dit Dufrène.

— Elles le seront. Vous le connaissez? demande Jean-Charles à Gilbert. C'est passionnant de travailler avec lui; tout l'atelier vit dans l'enthousiasme; on n'exécute pas, on crée.

— C'est le plus grand architecte de sa génération, tranche Dominique. A l'extrême avant-garde de l'urbanisme.

— Je préfère tout de même être chez Monnod, dit Dufrène. On ne crée pas, on exécute. Seulement on gagne bien davantage.

Hubert ôte sa pipe de sa bouche :

— C'est à considérer.

Laurence se lève; elle sourit à sa mère :

— Je peux te voler quelques dahlias?

— Bien sûr.

Marthe s'est levée aussi; elle s'éloigne avec sa sœur :

— Tu as vu papa mercredi? Comment va-t-il?

— A la maison il est toujours gai. Il s'est disputé avec Jean-Charles, pour changer.

— Jean-Charles non plus ne comprend pas papa. — Du regard Marthe consulte le ciel : — Il est si différent des autres. A sa manière, papa accède au surnaturel. La musique, la poésie : pour lui, c'est une prière.

Laurence se penche sur les dahlias; ce langage la gêne. Bien sûr, il a quelque chose que les autres n'ont pas, que je n'ai pas (mais qu'ont-ils que je n'ai pas non plus?). Roses, rouges, jaunes, orangés, elle serre dans sa main les dahlias magnifiques.

— Bonne journée, mes petites filles? demande Dominique.

— Merveilleuse, dit Marthe avec ferveur.

— Merveilleuse, répète Laurence.

La lumière décline, elle n'est pas fâchée de rentrer. Elle hésite. Elle a attendu jusqu'à la dernière minute; demander quelque chose à sa mère l'intimide autant que lorsqu'elle avait quinze ans :

— J'ai quelque chose à te demander...

— Quoi donc? La voix de Dominique est froide.

— A propos de Serge. Il voudrait quitter l'Université. Il aimerait bien travailler à la radio ou à la télé.

— C'est ton père qui t'a chargée de cette commission?

— J'ai rencontré chez papa Bernard et Georgette.

14

— Comment vont-ils? Ils jouent toujours à Philémon et Baucis?

— Oh! je les ai à peine entrevus.

— Dis à ton père une fois pour toutes que je ne suis pas un bureau de placement. Je trouve un peu scandaleux qu'on essaie comme ça de m'exploiter. Moi je n'ai jamais rien attendu de personne.

— Tu ne peux pas reprocher à papa de vouloir aider son neveu, dit Marthe.

— Je lui reproche de ne rien pouvoir par lui-même. De la main Dominique repousse les objections : — S'il était mystique, s'il était entré à la Trappe, je comprendrais. (Mais non, pense Laurence.) Mais il a choisi la médiocrité.

Elle ne lui pardonne pas d'être devenu secrétaire-rédacteur à la Chambre et non le grand avocat qu'elle avait cru épouser. Une voie de garage, dit-elle.

— Il est tard, dit Laurence. Je monte me refaire une beauté.

Impossible de laisser attaquer son père, et le défendre serait encore pire. Toujours ce pincement au cœur, cette espèce de remords, quand elle pense à lui. Sans raison : je n'ai jamais pris le parti de maman.

— Je monte aussi, je vais me changer, dit Dominique.

— Je m'occupe des enfants, dit Marthe.

C'est commode : depuis qu'elle est entrée en sainteté, elle accapare toutes les corvées. Elle en tire des joies si hautes qu'on peut les lui abandonner sans scrupule.

Tout en se recoiffant dans la chambre de sa mère, — drôlement joli ce rustique espagnol — Laurence fait un dernier effort :

15

— Tu ne peux vraiment rien pour Serge?

— Non.

Dominique s'approche du miroir.

— Quelle tête j'ai! A mon âge une femme qui travaille toute la journée et qui sort tous les soirs, c'est une femme foutue. J'aurais besoin de dormir.

Dans le miroir Laurence examine sa mère. La parfaite, l'idéale image d'une femme qui vieillit bien. Qui vieillit. Cette image-là, Dominique la refuse. Elle flanche, pour la première fois. Maladie, coups durs, elle a tout encaissé. Et soudain il y a de la panique dans ses yeux :

— Je ne peux pas croire qu'un jour j'aurai soixante-dix ans.

— Aucune femme ne tient le coup aussi bien que toi, dit Laurence.

— Le corps, ça va, je n'envie personne. Mais regarde ça.

Elle désigne ses yeux, son cou. Évidemment elle n'a plus quarante ans.

— Tu n'as plus vingt ans, évidemment, dit Laurence. Mais bien des hommes préfèrent les femmes qui ont vécu. La preuve, Gilbert...

— Gilbert... C'est pour le garder que je me tue à sortir. Ça risque de se retourner contre moi.

— Allons donc!

Dominique endosse son tailleur Balenciaga. Jamais de Chanel, on dépense des fortunes pour avoir l'air de s'habiller à la foire aux puces. Elle murmure :

— Cette salope de Marie-Claire. Elle refuse obstinément le divorce : pour le plaisir de m'emmerder.

— Elle finira peut-être par céder.

Marie-Claire dit sûrement : cette salope de Dominique. Au temps de Lucile de Saint-Chamont,

Gilbert habitait encore avec sa femme, la question ne se posait même pas puisque Lucile avait un mari, des enfants. Dominique l'avait obligé à se séparer de Marie-Claire; s'il avait cédé c'était que ça l'arrangeait, bien sûr, mais Laurence avait tout de même trouvé sa mère assez féroce.

— Remarque, la vie commune avec Gilbert comporterait bien des risques. Il aime sa liberté.

— Et toi la tienne.

— Oui.

Dominique tournique devant la glace à trois faces et sourit. En vérité, elle est ravie d'aller dîner chez les Verdelet; les ministres, ça lui en impose. Comme je suis malveillante! se dit Laurence. C'est sa mère, elle a de l'affection pour elle. Mais c'est aussi une étrangère. Derrière les images qui virevoltent dans les miroirs, qui se cache? Peut-être personne du tout.

— Tout va bien chez toi?

— Très bien. Je vole de succès en succès.

— Les petites?

— Tu les as vues. Elles prospèrent.

Dominique pose des questions, par principe, mais elle trouverait indiscret que Laurence lui donne des réponses inquiétantes, ou simplement détaillées.

Dans le jardin, Jean-Charles est penché sur le fauteuil de Gisèle : un menu flirt qui les flatte tous les deux (et Dufrène aussi, je crois), ils se donnent l'impression qu'ils pourraient avoir l'aventure qu'ils ne souhaitent ni l'un ni l'autre. (Et si par hasard ils l'avaient? Je crois que ça me serait égal. Il peut donc y avoir de l'amour sans jalousie?)

— Alors, je compte sur vous vendredi, dit Gilbert. On ne s'amuse pas quand vous n'êtes pas là.

— Allons donc!

— Je vous assure.

Il serre la main de Laurence avec effusion, comme s'il y avait entre eux une complicité spéciale; c'est pour ça que tout le monde lui trouve du charme :

— A vendredi.

Les gens insistent pour avoir Laurence, ils viennent chez elle avec empressement : elle ne comprend vraiment pas pourquoi.

— Une merveilleuse journée, dit Gisèle.

— Avec cette vie qu'on mène à Paris, on a absolument besoin de cette détente, dit Jean-Charles.

— C'est indispensable, dit Gilbert.

Laurence installe les petites au fond de la voiture, portières verrouillées, elle s'assied à côté de Jean-Charles, et ils filent sur la petite route derrière la DS de Dufrène.

— L'étonnant, chez Gilbert, c'est qu'il soit resté si simple, dit Jean-Charles. Quand on pense à ses responsabilités, à son pouvoir. Et pas la moindre trace d'importance.

— Il peut s'en passer.

— Tu ne l'aimes pas, c'est normal. Mais ne sois pas injuste.

— Mais si, je l'aime bien. (L'aime-t-elle ou non? elle aime tout le monde.) Gilbert ne pérore pas, c'est vrai, se dit-elle. Mais personne n'ignore qu'il dirige une des deux plus grandes sociétés de machines électroniques du monde, ni son rôle dans la création du Marché commun.

— Je me demande quel est le chiffre de ses revenus, dit Jean-Charles. Pratiquement, c'est illimité.

— Ça m'effraierait d'avoir tant d'argent.

— Il s'en sert intelligemment.

— Oui.

C'est bizarre : quand il raconte ses voyages Gilbert est très divertissant. Une heure après, on n'arrive plus à mettre le doigt sur ce qu'il a dit.

— Un week-end vraiment réussi! dit Jean-Charles.

— Vraiment réussi.

Et de nouveau Laurence se demande : qu'ont-ils que je n'ai pas? Oh! il ne faut pas s'inquiéter; il y a des jours comme ça où on se lève du mauvais pied, où on ne prend plaisir à rien! elle devrait avoir l'habitude. Et tout de même chaque fois elle s'interroge : qu'est-ce qui ne va pas? Soudain indifférente, distante, comme si elle n'était pas des leurs. Sa dépression d'il y a cinq ans, on la lui a expliquée; beaucoup de jeunes femmes traversent ce genre de crise; Dominique lui a conseillé de sortir de chez elle, de travailler et Jean-Charles a été d'accord quand il a vu combien je gagnais. Maintenant je n'ai pas de raison de craquer. Toujours du travail devant moi, des gens autour de moi, je suis contente de ma vie. Non, aucun danger. C'est juste une question d'humeur. Les autres aussi, je suis sûre que ça leur arrive souvent et ils n'en font pas une histoire. Elle se tourne vers les enfants :

— Vous vous êtes bien amusées, mes chéries?

— Oh! oui, dit Louise avec élan.

Une odeur de feuilles mortes entre par la fenêtre ouverte; les étoiles brillent dans un ciel d'enfance et Laurence se sent soudain tout à fait bien.

La Ferrari les dépasse, Dominique agite la main, sa légère écharpe flotte au vent, elle a vraiment de l'allure. Et Gilbert porte magnifiquement ses cinquante-six ans. Un vrai couple. En somme, elle a eu raison d'exiger une situation nette.

— Ils sont bien assortis, dit Jean-Charles. Pour leur âge, c'est un beau couple.

Un couple. Laurence examine Jean-Charles. Elle aime rouler à côté de lui. Il regarde attentivement la route, et elle voit son profil, ce profil qui l'émouvait tant il y a dix ans, qui la touche encore. De face, Jean-Charles n'est plus tout à fait le même — elle ne le voit plus de la même manière. Il a un visage intelligent et énergique mais, comment dire? arrêté — comme tous les visages. De profil, dans la pénombre, la bouche semble plus indécise, les yeux plus rêveurs. C'est ainsi qu'il lui est apparu onze ans plus tôt, qu'il lui apparaît en son absence et parfois, fugitivement, quand elle roule en auto à côté de lui. Ils se taisent. Le silence ressemble à une complicité; il exprime un accord trop profond pour les mots. Illusion peut-être. Mais tandis que la route s'engouffre sous les roues, que les enfants somnolent, que Jean-Charles se tait, Laurence veut y croire.

Toute anxiété a disparu quand un peu plus tard Laurence s'installe devant sa table : elle est juste un peu fatiguée, étourdie par le grand air, prête à ces vagabondages que Dominique brisait net : « Ne reste pas là à rêvasser : fais quelque chose » — et qu'elle s'interdit d'elle-même, à présent. « Il faut que je trouve cette idée », se dit-elle en dévissant son stylo. Quelle jolie image publicitaire, promettant — au profit d'un marchand de meubles, d'un chemisier, d'un fleuriste — la sécurité, le bonheur. Le couple qui marche sur le trottoir, longeant le parapet dans le doux bruissement des arbres, contemple au passage l'intérieur idéal : sous le lampadaire, l'homme jeune et élégant dans son pull-over en angora qui lit une revue d'un air attentif; la jeune femme assise à sa table, un stylo en main, l'harmonie des noirs, des rouges et des jaunes si bien assortis (heureux hasard) aux rouges et aux jaunes des dahlias. Tout à l'heure, quand je les ai cueillis, c'était des fleurs vivantes. Laurence pense à ce roi qui changeait en or tout ce qu'il touchait et sa petite fille était devenue une magnifique poupée de métal. Tout ce qu'elle touche se change en image. *Avec des panneaux de bois vous alliez à l'élégance citadine toute la poésie des forêts.* Elle aperçoit à travers le feuillage le noir clapotis du fleuve; un bateau passe, fouillant les rives de son regard blanc. La lumière éclabousse les vitres, elle éclaire brutalement les amoureux enlacés, image du passé pour moi qui suis l'image de leur tendre avenir, avec des enfants qu'ils devinent endormis dans des chambres du fond. *Des enfants se glissent à l'intérieur d'un arbre creux et ils se trouvent dans une ravissante chambre aux panneaux de bois naturel.* Idée à suivre.

Elle a toujours été une image. Dominique y a veillé, fascinée dans son enfance par des images si différentes de sa vie, tout entière butée — de toute son intelligence et son énorme énergie — à combler ce fossé. (Tu ne sais pas ce que c'est que d'avoir des souliers déchirés et de sentir à travers sa chaussette qu'on a marché sur un crachat. Tu ne sais pas ce que c'est d'être toisée par des copines aux cheveux bien lavés et qui se poussent du coude. Non, tu ne sortiras pas avec cette tache sur ta jupe, va te changer.) Petite fille impeccable, adolescente accomplie, parfaite jeune fille. Tu étais si nette, si fraîche, si parfaite... dit Jean-Charles.

Tout était net, frais, parfait : l'eau bleue de la piscine, le bruit luxueux des balles de tennis, les blanches aiguilles de pierre, les nuages roulés en boule dans le ciel lisse, l'odeur des sapins. Chaque matin, en ouvrant ses volets, Laurence contemplait une superbe photographie sur papier glacé. Dans le parc de l'hôtel, les garçons et les filles en clairs vêtements, la peau hâlée, polis par le soleil comme de beaux galets. Et Laurence et Jean-Charles de clair vêtus, hâlés, polis. Soudain, un soir, au retour d'une promenade, dans la voiture arrêtée, sa bouche sur ma bouche, cet embrasement, ce vertige. Alors, pendant des jours et des semaines, je n'ai plus été une image, mais chair et sang, désir, plaisir. Et j'ai retrouvé aussi cette douceur plus secrète que j'avais connue jadis, assise aux pieds de mon père ou tenant sa main dans la mienne... De nouveau, il y a dix-huit mois, avec Lucien ; le feu dans mes veines, et dans mes os cette exquise déliquescence. Elle se mord la lèvre. Si Jean-Charles savait! En réalité rien n'a été changé entre Laurence et lui. Lucien, c'est en marge. Et d'ailleurs il ne l'émeut plus comme avant.

— Elle vient cette idée?

— Elle viendra.

Regard attentif du mari, joli sourire de la jeune femme. On lui a souvent dit qu'elle avait un joli sourire : elle le sent sur ses lèvres. L'idée viendra; c'est toujours difficile au début, tant de clichés déjà usés, tant de pièges à éviter. Mais elle connaît son métier. Je ne vends pas des panneaux de bois : je vends la sécurité, la réussite, et une touche de poésie en supplément. Quand Dominique lui a proposé de fabriquer des images de papier, elle a si vite et si pleinement réussi qu'on aurait pu croire à une vocation. Sécurité. Le bois n'est pas plus inflammable que la pierre ou la brique : le dire sans évoquer l'idée d'incendie. C'est là qu'il faut du doigté.

Elle se lève brusquement. Est-ce que ce soir aussi Catherine pleure?

Louise dormait. Catherine regardait le plafond. Laurence se penche : « Tu ne dors pas mon chéri? à quoi penses-tu? — A rien. » Laurence l'embrasse, intriguée. Ce n'est pas le genre de Catherine, ces mystères; elle est ouverte et même bavarde. « On pense toujours à quelque chose. Essaie de me dire. »

Catherine hésite un instant; le sourire de sa mère la décide : « Maman, pourquoi est-ce qu'on existe? »

Voilà bien le genre de question que les enfants vous assènent alors que vous ne pensez qu'à vendre des panneaux de bois. Répondre vite : « Mon bijou, nous serions bien tristes, papa et moi, si tu n'existais pas. — Mais si vous n'existiez pas non plus? »

Quelle anxiété dans les yeux de cette petite fille que je traite encore comme un bébé. Pourquoi se pose-t-elle cette question? Voilà donc ce qui la fait pleurer.

— Tu n'étais pas contente, cet après-midi, que toi, moi, tout le monde, nous existions?

— Oui.

Catherine ne semble pas très convaincue. Laurence a une illumination :

— On existe pour se rendre heureux les uns les autres, dit-elle avec élan. Elle est assez fière de sa réponse.

Le visage fermé, Catherine continue à réfléchir; ou plutôt à chercher ses mots :

— Mais les gens qui ne sont pas heureux, pourquoi est-ce qu'ils existent?

Nous y sommes, on arrive au point important.

— Tu as vu des gens malheureux? Où ça, mon chéri?

Catherine se tait, l'air apeuré. Où? Goya est gaie et elle parle à peine le français. Le quartier est riche : ni clochards, ni mendiants; alors les livres? les camarades?

— Tu as des petites camarades qui sont malheureuses?

— Oh! non!

La voix semble sincère. Louise s'agite dans son lit et il serait temps que Catherine dorme; elle n'a visiblement pas envie d'en dire davantage, il faudra du temps pour l'y décider.

— Écoute, nous en parlerons demain. Mais si tu connais des gens malheureux, nous essaierons de faire quelque chose pour eux. On peut soigner les malades, donner de l'argent aux pauvres, on peut un tas de choses...

— Tu crois? pour tout le monde?

— Tu penses bien que je pleurerais toute la journée s'il y avait des gens dont les malheurs soient sans remède. Tu me raconteras tout. Et je te promets que nous trouverons des remèdes. Je te promets, répète-t-elle en caressant les cheveux de Catherine. Dors maintenant, ma petite chérie.

Catherine se laisse couler entre les draps; elle

ferme les yeux. La voix, les baisers de sa mère l'ont apaisée. Mais demain? En général, Laurence se garde des promesses imprudentes. Et jamais elle n'en a fait d'aussi inconsidérée que celle-ci.

Jean-Charles lève le nez :

— Catherine m'a raconté un rêve, dit Laurence. Demain elle lui dira la vérité. Pas ce soir. Pourquoi? Il s'intéresse aux petites. Laurence s'assied et feint de s'absorber dans sa recherche. Pas ce soir. Il lui fournirait tout de suite cinq ou six explications. Elle veut essayer de comprendre avant qu'il n'ait répondu. Qu'est-ce qui ne va pas? Moi aussi, à son âge, je pleurais : comme j'ai pleuré! C'est peut-être pour ça que je ne pleure plus jamais. Mlle Houchet disait : « Il dépendra de nous que ces morts n'aient pas été inutiles. » Je la croyais. Elle disait tant de choses : être un homme parmi les hommes! Elle est morte d'un cancer. Les exterminations, Hiroshima : il y avait des raisons, en 45, pour qu'une enfant de onze ans se sente sonnée. Laurence avait même pensé que c'était impossible, tant d'horreur pour rien, elle avait essayé de croire en Dieu, en une autre vie où tout était compensé. Dominique avait été parfaite : elle lui avait permis de parler avec un prêtre, elle l'avait même choisi intelligent. En 45, oui, c'était normal. Mais aujourd'hui, si ma fille de dix ans sanglote, c'est moi qui ai tort, Dominique et Jean-Charles me donneront tort. Elle est capable de me conseiller une visite à un psychologue. Catherine lit énormément, trop, et je ne sais pas exactement quoi : je n'ai pas le temps. De toute façon, les mots n'auraient pas le même sens pour moi que pour elle.

— Tu te rends compte! dans notre galaxie même

il y a des centaines de planètes habitées! dit Jean-Charles en tapotant sa revue d'un doigt pensif. Nous ressemblons à des poules enfermées dans une basse-cour qu'elles prennent pour le monde entier.

— Oh! même sur terre, on est parqué dans un petit cercle, si étroit.

— Pas aujourd'hui. Avec la presse, les voyages, la télévision, bientôt la mondovision, on vit planétairement. L'erreur est de prendre la planète pour l'univers. Enfin, en 85 on aura exploré le système solaire... Ça ne te fait pas rêver?

— Franchement, non.

— Tu n'as pas d'imagination.

Même les gens qui habitent l'étage au-dessus, je ne les connais pas, pense Laurence. Ceux d'en face, elle en sait long sur eux, à travers la cloison : le bain coule, les portes claquent, la radio déverse des chansons et des réclames pour le Banania, le mari engueule sa femme qui après son départ engueule leur fils. Mais que se passe-t-il dans les trois cent quarante appartements de l'immeuble? Dans les autres maisons de Paris? A Publinf elle connaît Lucien, un peu Mona, et quelques visages, quelques noms. Famille, amis : minuscule système clos; et tous ces autres systèmes aussi inabordables. Le monde est partout ailleurs, et il n'y a pas moyen d'y entrer. Et pourtant il s'est glissé dans la vie de Catherine, il l'effraie et je devrais l'en protéger. Comment lui faire admettre qu'il y ait des gens malheureux, comment lui faire croire qu'ils vont cesser de l'être?

— Tu n'as pas sommeil? demande Jean-Charles.

Aucune idée ne viendra ce soir, inutile de s'obstiner. Elle modèle son sourire sur celui de son mari :

26

— J'ai sommeil.

Rites nocturnes, bruit joyeux de l'eau dans la salle de bains, sur le lit le pyjama qui sent la lavande et le tabac blond, et Jean-Charles fume une cigarette tandis que la douche décrasse Laurence des soucis de la journée. Rapide démaquillage, elle enfile la mince chemise, elle est prête. (Fameuse invention, la pilule qu'on avale le matin en se lavant les dents : ce n'était pas agréable d'avoir à se manipuler.) Dans la fraîcheur des draps blancs, la chemise de nouveau glisse sur sa peau, s'envole par-dessus sa tête, elle s'abandonne à la tendresse d'un corps nu. Gaieté des caresses. Plaisir violent et joyeux. Après dix ans de mariage, entente physique parfaite. Oui, mais qui ne change pas la couleur de la vie. L'amour aussi est lisse, hygiénique, routinier.

— Oui, ils sont charmants tes dessins, dit Laurence.

Mona a vraiment du talent; elle a inventé un drôle de petit personnage que Laurence a souvent utilisé dans ses campagnes : un peu trop souvent, dit Lucien qui est le meilleur motivationniste de la maison.

— Mais? dit Mona. Elle ressemble à sa créature : futée, aigrelette et gracieuse.

— Tu sais ce que dit Lucien. Il ne faut pas abuser de l'humour. Et dans ce cas-ci — le bois ça coûte cher, c'est du sérieux — la photo en couleurs rend mieux.

Laurence en a retenu deux, composées d'après ses directives : une haute futaie, ses mousses, son mystère, l'éclat sourd et luxueux des vieux troncs; une jeune femme en déshabillé vaporeux, souriante au milieu d'une chambre décorée de panneaux de bois.

— Je les trouve tartes, dit Mona.

— Tartes, mais elles attirent l'œil.

— Je vais finir par me faire vider, dit Mona. Le dessin, ça ne compte plus dans cette boîte. Vous préférez toujours la photo.

Elle ramasse ses esquisses et demande avec curiosité :

— Qu'est-ce qui se passe avec Lucien? Tu ne le vois plus?

— Mais si.

— Tu ne me demandes plus jamais d'alibi.

— Je t'en redemanderai.

Mona sort du bureau et Laurence se remet à fignoler le texte qui accompagnera l'image. Le cœur n'y est pas. « Voilà bien la condition déchirée de la femme qui travaille », se dit-elle avec ironie. (Elle se sentait bien plus déchirée quand elle ne travaillait pas.) A la maison, elle cherche des slogans. Au bureau elle pense à Catherine. Depuis trois jours, elle ne pense guère à rien d'autre.

La conversation a été longue et confuse. Laurence se demandait quel livre, quelle rencontre avait ému Catherine; ce que celle-ci voulait savoir, c'est comment on pouvait supprimer le malheur. Laurence a parlé des assistantes sociales qui aident les vieux et les indigents. Des infirmières, des médecins qui guérissent les malades.

— Je pourrai être médecin?

— Si tu continues à bien travailler, sûrement.

Le visage de Catherine s'est éclairé; elles ont

rêvé sur son avenir : elle soignerait les enfants; leurs mamans aussi, mais surtout les enfants.

— Toi, qu'est-ce que tu fais pour les gens malheureux?

Cet impitoyable regard des enfants qui ne jouent pas le jeu.

— J'aide papa à gagner notre vie. C'est grâce à moi que tu pourras continuer tes études et guérir les malades.

— Et papa?

— Il bâtit des maisons pour les gens qui n'en ont pas. C'est aussi une manière de leur rendre service, tu comprends.

(Horrible mensonge. Mais à quelle vérité recourir?) Catherine est restée perplexe. Pourquoi ne donne-t-on pas à manger à tout le monde? Laurence a de nouveau posé des questions et la petite a fini par parler de l'affiche. Parce que c'était le plus important ou pour cacher autre chose?

Peut-être l'affiche était-elle la véritable explication, après tout. Pouvoir de l'image. « Les deux tiers du monde ont faim », et cette tête d'enfant, si belle, avec des yeux trop grands et la bouche fermée sur un terrible secret. Pour moi c'est un signe : le signe que se poursuit la lutte contre la faim. Catherine a vu un petit garçon de son âge, qui a faim. Je me souviens : comme les grandes personnes me semblaient insensibles! Il y a tant de choses que nous ne remarquons pas; enfin, nous les remarquons, mais nous passons outre parce que nous savons qu'il est inutile de s'appesantir. La mauvaise conscience — sur ce point, pour une fois, papa et Jean-Charles sont d'accord

— à quoi ça sert? Cette affaire de tortures, il y a trois ans, je m'en suis rendue malade, ou presque : pour quoi faire? Les horreurs du monde, on est forcé de s'y habituer, il y en a trop : le gavage des oies, l'excision, les lynchages, les avortements, les suicides, les enfants martyrs, les maisons de la mort, les massacres d'otages, les répressions, on voit ça au cinéma, à la télé, on passe. Ça disparaîtra, nécessairement, c'est une question de temps. Seulement les enfants vivent dans le présent, ils n'ont pas de défense. « On devrait penser aux enfants. On ne devrait pas étaler de pareilles photos sur les murs », se dit Laurence. Réflexion abjecte. Abjecte : un mot de mes quinze ans. Mais que signifie-t-il? J'ai la réaction normale d'une mère qui veut protéger sa fille.

« Ce soir, papa t'expliquera tout », a conclu Laurence. Dix ans et demi : le moment pour une fille de se détacher un peu de sa mère et de se fixer sur son père. Et il trouvera mieux que moi des arguments satisfaisants, a-t-elle pensé.

Au début, le ton de Jean-Charles l'a gênée. Pas exactement ironique, ni condescendant : paternaliste. Ensuite, il a fait un petit discours très clair, très convaincant. Jusqu'ici les différents points de la terre étaient éloignés les uns des autres, et les hommes ne savaient pas bien se débrouiller et ils étaient égoïstes. Cette affiche prouve que nous voulons que les choses changent. Maintenant on peut produire beaucoup plus de nourriture qu'avant, et les transporter vite et facilement des pays riches aux pays pauvres : des organisations s'en occupent. Jean-Charles est devenu lyrique, comme chaque fois qu'il évoque l'avenir : les déserts se sont couverts de blé, de légumes, de fruits, toute la terre est devenue la terre promise; gavés de lait, de riz, de tomates et d'oranges, tous les enfants souriaient. Catherine écoutait, fascinée : elle voyait les vergers et les champs en fête.

— Personne ne sera plus triste, dans dix ans?

— On ne peut pas dire ça. Mais tout le monde mangera; tout le monde sera beaucoup plus heureux.

Alors elle a dit d'un ton pénétré :

— J'aurais mieux aimé naître dix ans plus tard.

Jean-Charles a ri, fier de la précocité de sa fille. Il ne prend pas ses larmes au sérieux, satisfait de ses succès scolaires. Souvent les enfants se trouvent désorientés, quand ils entrent en sixième; mais elle, le latin l'amuse; elle a de bonnes notes dans toutes les branches. « On en fera quelqu'un », m'a dit Jean-Charles. Oui, mais qui? Pour l'instant, c'est une enfant qui a le cœur gros et je ne sais pas comment la consoler.

Le téléphone intérieur sonne. « Laurence? tu es seule? — Oui — Je passe te dire bonjour. » Il va me faire des reproches, pense Laurence; c'est vrai qu'elle l'a négligé depuis la rentrée; il a fallu rouvrir la maison, mettre Goya au courant; Louise a eu une bronchite. Dix-huit mois déjà depuis cette fête à Publinf où, traditionnellement, ni époux ni épouses ne sont admis. Ils avaient beaucoup dansé ensemble — il danse très bien — ils s'étaient embrassés et le miracle s'était répété : ce feu dans ses veines, ce vertige. Ils s'étaient retrouvés chez lui, elle n'était rentrée qu'à l'aube, feignant l'ivresse — bien qu'elle n'ait rien bu, elle ne boit jamais — sans remords puisque Jean-Charles ne saurait rien et qu'il n'y aurait pas de lendemain. Ensuite, que d'agitation! Il me poursuivait, il pleurait, je cédais, il rompait, je souffrais, je cherchais partout la Giulietta rouge, je me pendais au téléphone, il revenait, il suppliait : quitte ton mari, non jamais mais je t'aime, il m'insultait, il repartait, j'attendais, j'espérais, je désespérais, nous nous retrouvions, quel bonheur, j'ai tant souffert sans toi, et moi sans toi : avoue tout à ton mari, jamais... Tous ces aller et retour et toujours retomber au même point...

— J'avais justement besoin de ton avis, dit Laurence. Lequel des deux projets préfères-tu?

Lucien se penche par-dessus son épaule. Il examine les deux photos; elle est touchée par son air réfléchi.

— Difficile de décider. Ils jouent sur des motivations tout à fait différentes.

— Lesquelles sont les plus efficaces?

— Je ne connais aucune statistique convaincante. Fie-toi à ton flair. Il pose la main sur l'épaule de Laurence :

— Quand dîne-t-on ensemble?

— Jean-Charles part pour le Roussillon avec Vergne dans une huitaine de jours.

— Huit jours!

— S'il te plaît! J'ai des soucis à la maison : à cause de ma fille.

— Je ne vois pas le rapport.

— Moi je le vois.

Discussion trop connue : tu ne veux plus me voir, mais si je veux, comprends, je ne comprends que trop... (Est-ce qu'en cet instant, dans un autre coin de la galaxie, un autre Lucien, une autre Laurence disent les mêmes mots? Sûrement en tout cas dans des bureaux, des chambres, des cafés, à Paris, Londres, Rome, New York, Tokyo, peut-être même à Moscou.)

— Prenons un verre ensemble demain soir, à la sortie. Ça te va?

Il la regarde avec reproche :

— Je n'ai pas le choix.

Il est parti fâché : dommage. Il a fait un sérieux effort pour accepter la situation. Il sait qu'elle ne divorcera jamais et il ne menace plus de rompre. Il se plie à tout, ou presque. Elle tient à lui : il la repose de Jean-Charles; si différent : l'eau et le feu. Il aime les romans qui racontent des histoires, les souvenirs d'enfance, poser des questions, flâner. Et puis sous son regard elle se sent précieuse. Précieuse : elle se laisse avoir, elle aussi. On croit tenir à un homme : on tient à une certaine idée de soi, à une illusion de liberté, ou d'imprévu, à des mirages. (Est-ce vrai, ou est-ce que le métier me déforme?) Elle achève de rédiger son texte. Finalement elle choisit la jeune femme en déshabillé vaporeux. Elle ferme le bureau, monte dans sa voiture; pendant qu'elle enfile ses gants et change de souliers, une gaieté se lève en elle. En pensée, elle est déjà rue de l'Université, dans l'appartement plein de livres et d'une forte odeur de tabac. Malheureusement elle ne reste jamais longtemps. C'est son père qu'elle aime le plus — le plus au monde — et elle voit Dominique bien davantage. Toute ma vie ainsi : c'est mon père que j'aimais et ma mère qui m'a faite.

« Espèce de mufle! » Elle a hésité une demi-seconde de trop, le gros type lui a soufflé la place. De nouveau tourner en rond dans ces petites rues à sens unique où des deux côtés les pare-chocs se touchent. Parkings souterrains, centres urbains à quatre niveaux, ville technique au-dessous du lit de la Seine : dans dix ans. Moi aussi je préférerais vivre dix ans plus tard. Enfin une place! Cent mètres à pied, et elle change de monde : une loge de concierge à l'ancienne, avec un rideau plissé et des odeurs de cuisine, une cour silencieuse, un escalier de pierre qu'on monte à pied et qui résonne sous les pas.

— Ça devient de plus en plus impossible de se garer.

— Je ne te le fais pas dire.

Avec son père, même les banalités ne sont pas banales : à cause de cette lueur complice dans ses yeux. Ils ont tous deux le goût de la complicité : ces instants où on se sent aussi proches que si on ne vivait que l'un pour l'autre. La lumière brille, malicieuse, quand après l'avoir fait asseoir et lui avoir servi un jus d'orange il demande :

— Comment va ta mère?

— Tout à fait en forme.

— Qui imite-t-elle en ce moment?

C'est une scie, entre eux, cette question que posait Freud à propos d'une hystérique. Le fait est que Dominique imite toujours quelqu'un.

— Je crois qu'en ce moment c'est Jacqueline Verdelet. Elle a la même coiffure et elle a laissé tomber Cardin pour Balenciaga.

— Elle fréquente les Verdelet? cette racaille... C'est vrai qu'elle n'a jamais hésité à serrer n'importe quelle main... Tu lui as parlé de Serge?

— Elle ne veut rien faire pour lui.

— Je m'en doutais.

34

— Elle n'a pas l'air de porter mon oncle et ma tante dans son cœur. Elle les appelle Philémon et Baucis...

— Ce n'est pas si juste. Je crois que ma sœur a perdu pas mal de ses illusions sur Bernard. Elle ne l'aime plus d'amour.

— Et lui?

— Il ne l'a jamais appréciée à sa vraie valeur.

Aimer d'amour; vraie valeur. Pour lui ces mots ont un sens. Il a aimé Dominique d'amour. Et qui d'autre? Être aimé par lui : y a-t-il une femme qui ait su en être digne? Non, sans doute, sinon il n'y aurait pas ce pli désabusé au coin de sa bouche.

— Les gens m'étonnent toujours, reprend-il. Bernard est contre le régime et il trouve naturel que son fils veuille entrer à l'O.R.T.F. qui est un fief gouvernemental. Je dois être un vieil idéaliste impénitent : j'ai toujours essayé de mettre ma vie en accord avec mes principes.

— Moi, je n'ai pas de principes! dit Laurence avec regret.

— Tu n'en affiches pas, mais tu es droite, ça vaut mieux que le contraire, dit son père avec chaleur.

Elle rit, elle boit une gorgée de jus d'orange, elle se sent bien. Pour un éloge de lui, que ne donnerait-elle pas? Incapable d'une compromission, d'une manœuvre, indifférent à l'argent : unique.

Il fouille dans ses disques. Pas d'installation haute fidélité, mais un grand nombre de disques choisis avec amour.

— Je vais te faire entendre une chose admirable : un nouvel enregistrement du *Couronnement de Poppée*.

Laurence essaie de se concentrer. Une femme

fait ses adieux à sa patrie, à ses amis. C'est beau. Elle regarde son père : pouvoir se recueillir comme lui. Ce qu'elle a cru retrouver chez Jean-Charles, chez Lucien, lui seul le possède : sur son visage, un reflet de l'infini. Être à soi-même une présence amie; être un foyer qui rayonne de la chaleur. Je me donne le luxe d'avoir des remords, je me reproche de le négliger, mais c'est moi qui ai besoin de lui. Elle le regarde, elle se demande quel est son secret et si jamais elle le découvrira. Elle n'écoute pas. Depuis longtemps la musique ne lui parle plus. Le pathétique de Monteverdi, le tragique de Beethoven font allusion à des douleurs telles qu'elle n'en a jamais ressenti : pleines et dominées, ardentes. Elle a connu quelques aigres déchirements, une certaine irritation, une certaine désolation, du désarroi, du vide, de l'ennui : surtout l'ennui. On ne chante pas l'ennui...

— Oui, c'est magnifique, dit-elle d'une voix fervente.

(Dites ce que vous pensez, disait Mlle Houchet. Même avec son père, c'est impossible. On dit ce que les gens attendent que vous disiez.)

— Je savais que tu aimerais. Je mets la suite?

— Pas aujourd'hui. Je voudrais te demander un conseil. A propos de Catherine.

Tout de suite attentif, accueillant et ne connaissant pas d'avance la réponse. Quand elle a fini de parler, il réfléchit :

— Tout va bien entre Jean-Charles et toi?

Question pertinente. Peut-être n'aurais-je pas tant pleuré sur les enfants juifs assassinés s'il n'y avait pas eu de si lourds silences à la maison.

— Tout va parfaitement.

— Tu réponds bien vite.

— Vraiment, tout va bien. Je n'ai pas son dynamisme; mais justement, pour les enfants, ça s'équilibre. A moins que je ne sois trop distraite.

— A cause de ton travail?

— Non. J'ai l'impression d'être distraite en général. Mais pas avec les petites, je ne crois pas.

Son père se tait. Elle demande :

— Qu'est-ce que je peux répondre à Catherine?

— Il n'y a rien à répondre. Une fois que la question est posée, il n'y a rien à répondre.

— Mais je dois répondre. Pourquoi on existe? bon, ça c'est abstrait, c'est de la métaphysique; cette question-là ne m'inquiète pas beaucoup. Mais le malheur : c'est déchirant pour une enfant.

— Même à travers le malheur on peut trouver la joie. Mais j'avoue que ce n'est pas commode d'en convaincre une petite fille de dix ans.

— Alors?

— Alors j'essaierai de parler avec elle et de comprendre ce qui la trouble. Après, je te dirai.

Laurence se lève :

— Il faut y aller, c'est l'heure.

Peut-être papa sera-t-il plus adroit que Jean-Charles et que moi, se dit Laurence. Il sait parler aux enfants : avec tout le monde il trouve le ton. Et il invente des cadeaux charmants. Arrivé dans l'appartement, il tire de sa poche un cylindre de carton, cerclé de rayures brillantes, qui ressemble à un sucre de pomme géant. Tour à tour Louise, Catherine, Laurence collent un œil à une des extrémités : enchantement des couleurs et des formes qui se font, se défont, papillotent et se multiplient dans la fuyante symétrie d'un octogone. Un kaléidoscope sans rien dedans; c'est le monde qui fournit la matière : les dahlias, le tapis, les rideaux, les livres. Jean-Charles regarde aussi.

— Ça rendrait de fameux services à un dessinateur de tissus ou de papiers d'ameublement, dit-il. Dix idées à la minute...

Laurence sert le potage que son père avale sans commentaire. (« Vous ne mangez pas, vous vous nourrissez », lui a-t-il dit un jour; elle est aussi indifférente que Jean-Charles aux plaisirs de la table.) Il raconte aux enfants des histoires qui les font rire et sans avoir l'air de poser de questions, il les interroge. La lune, ça serait drôle de se promener dedans, est-ce qu'elles auraient peur d'y aller? Non, pas du tout, si on y allait, c'est qu'on saurait, ça ne serait pas plus dangereux que de prendre un avion. Il ne les a pas du tout épatées, l'homme de l'espace; à la télévision elles l'ont trouvé plutôt godiche; elles avaient déjà lu cette histoire, en bandes dessinées et même celle d'un atterrissage dans la lune, ce qui les étonne c'est qu'on n'y ait pas encore débarqué. Elles aimeraient bien connaître ces hommes, ces surhommes, ces sous-hommes dont leur a parlé leur père, qui vivent sur d'autres planètes. Elles les décrivent, elles s'arrachent la parole, excitées par le bruit de leur voix, la présence de leur grand-père, et le faste, relatif, du repas. Fait-on de l'astronomie, au lycée? Non. Mais on s'amuse bien, dit Louise. Catherine parle de son amie Brigitte qui a un an de plus qu'elle, qui est si intelligente, de son professeur de français qui est un peu bête. En quoi, bête? Elle dit des bêtises. On ne peut rien obtenir de plus. Tout en se gavant de glace à l'ananas elles supplient leur grand-père de les emmener un dimanche faire une promenade en auto, comme il le leur a promis. Les châteaux de la Loire, ceux dont on parle dans l'histoire de France...

— Ne pensez-vous pas que Laurence s'inquiète pour rien? demande Jean-Charles quand ils se retrouvent tous les trois seuls. A l'âge de Catherine tous les enfants intelligents se posent des questions.

— Mais pourquoi ces questions-là? dit Laurence. Elle a une vie très protégée.

— Quelle vie est protégée, aujourd'hui, avec les journaux, la télé, le cinéma? dit son père.

— Pour la télé, je fais très attention, dit Laurence. Et nous ne laissons pas traîner de journaux.

Elle a défendu à Catherine de lire les journaux; elle lui a expliqué, avec des exemples, que lorsqu'on est ignorante on risque de comprendre les choses de travers; et que les journaux mentent beaucoup.

— Tu ne peux tout de même pas tout contrôler. Tu connais sa nouvelle petite amie?

— Non.

— Dis-lui de l'amener. Tâche de savoir qui c'est et de quoi elle parle avec Catherine.

— En tout cas Catherine est gaie, en bonne santé, elle travaille bien, dit Jean-Charles. Il n'y a pas lieu de prendre au tragique une petite crise de sensibilité.

Laurence voudrait penser que Jean-Charles a raison. Quand elle va les embrasser dans leur chambre les petites sautent sur leurs lits et font des culbutes en riant très fort. Elle rit avec elles, elle les borde. Mais elle se rappelle le visage anxieux de Catherine. Qui est Brigitte? Même si elle ne joue aucun rôle dans cette affaire, j'aurais dû me le demander. Trop de choses m'échappent.

Elle regagne le studio. Son père et Jean-Charles sont engagés dans une de ces discussions qui les opposent chaque mercredi.

— Mais non, les hommes n'ont pas perdu leurs racines, dit Jean-Charles avec impatience. La nouveauté, c'est qu'ils sont enracinés planétairement.

— Ils ne sont plus nulle part, tout en étant partout. Jamais on n'a si mal su voyager.

— Vous voudriez qu'un voyage soit un dépaysement. Mais la terre n'est plus qu'un seul pays. Au point qu'on trouve étonnant que le passage d'un lieu à un autre exige du temps. Jean-Charles regarde Laurence :

— Tu te rappelles notre dernier retour de New York? On est tellement habitués aux jets que sept heures de vol nous ont paru une éternité.

— Proust dit la même chose à propos du téléphone. Vous ne vous rappelez pas? Quand il appelle sa grand-mère, de Doncières. Il remarque que le miracle de cette voix à distance lui est devenu déjà si familier que l'attente l'irrite.

— Je ne me rappelle pas, dit Jean-Charles.

— Les gosses de cette génération trouvent normal qu'on se promène dans l'espace. Rien n'étonne plus personne. Bientôt la technique nous apparaîtra comme la nature même et nous vivrons dans un monde parfaitement inhumain.

— Pourquoi inhumain? L'homme changera de visage; on ne peut pas l'enfermer dans un concept immuable. Mais le loisir lui permettra se retrouver ces valeurs auxquelles vous tenez tant : l'individu, l'art.

— On n'en prend pas le chemin.

— Mais si! regardez l'art décoratif; regardez

l'architecture. On ne se satisfait plus du fonctionnel. On retourne à un certain baroque, c'est-à-dire à des valeurs esthétiques.

A quoi bon? pense Laurence. De toute façon le temps ne coulera ni plus vite ni plus lentement. Jean-Charles vit déjà en 1985, papa regrette 1925. Du moins il parle d'un monde qui a existé, qu'il a aimé : Jean-Charles invente un avenir qui ne se réalisera peut-être jamais.

— Avouez qu'on ne peut rien trouver de plus laid que le paysage ferroviaire d'autrefois, dit-il. Maintenant la S.N.C.F. et l'E.D.F. font un remarquable effort pour sauvegarder la beauté des sites français.

— Un effort plutôt malheureux.

— Mais non.

Jean-Charles énumère des gares, des centrales électriques parfaitement adaptées à leur environnement. Dans ces disputes, c'est toujours lui qui a le dessus parce qu'il cite des faits. Laurence sourit à son père. Celui-ci a pris le parti de se taire, mais la lueur dans ses yeux, le pli de sa bouche indiquent qu'il conserve ses convictions.

Il va partir, pense Laurence, et cette fois encore elle aura mal profité de lui. Qu'est-ce qui ne va pas chez moi? Je pense toujours à autre chose.

— Ton père est vraiment le type de l'homme qui refuse d'entrer dans le xxe siècle, dit Jean-Charles une heure plus tard.

— Toi, tu vis dans le vingt et unième, dit Laurence en souriant.

Elle s'installe à sa table. Elle doit examiner les récentes enquêtes en profondeur que Lucien a dirigées; elle ouvre le dossier. C'est fastidieux, c'est même déprimant. Le lisse, le brillant, le luisant, rêve de glissement, de perfection glacée; valeurs de l'érotisme et valeurs de l'enfance (innocence); vitesse, domination, chaleur, sécurité. Est-ce que tous les goûts peuvent s'expliquer par des fantasmes aussi rudimentaires? Ou les consommateurs interrogés sont-ils spécialement attardés? Peu probable. Ils font un travail ingrat ces psychologues : d'innombrables questionnaires, des raffinements, des ruses, et on retombe toujours sur les mêmes réponses. Les gens veulent de la nouveauté, mais sans risque; de l'amusant, mais qui soit sérieux; des prestiges, qui ne se paient pas cher... Pour elle, c'est toujours le même problème; aguicher, étonner tout en rassurant; le produit magique qui bouleversera notre vie sans en rien déranger. Elle demande :

— Tu te posais beaucoup de questions quand tu étais petit?

— Je suppose.

— Tu ne te rappelles plus lesquelles?

— Non.

Il se replonge dans son livre. Il prétend avoir tout oublié de son enfance. Un père petit industriel en Normandie, deux frères, des rapports normaux avec sa mère : aucune raison de fuir son passé. Le fait est qu'il n'en parle jamais.

Il lit. Puisque ce dossier l'ennuie elle pourrait lire elle aussi. Quoi? Jean-Charles adore les livres qui ne parlent de rien. Tu comprends, ce qu'il y a de formidable chez ces jeunes auteurs, c'est qu'ils n'écrivent pas pour raconter une histoire; ils écrivent pour écrire, comme on entasserait des pierres l'une sur l'autre, pour le plaisir. Elle a commencé à lire une description, en trois cents pages, d'un pont suspendu; elle n'a pas tenu dix minutes. Quant aux romans que lui conseille Lucien, ils parlent de gens, d'événements aussi éloignés de sa vie que Monteverdi.

Soit. La littérature ne me dit plus rien. Mais je devrais essayer de m'instruire : je suis devenue si ignorante! Papa disait : « Laurence, ce sera comme moi un rat de bibliothèque. » Et au lieu de ça... Pourquoi elle a régressé pendant les premières années de son mariage, elle l'a compris, le cas est classique. L'amour, la maternité, c'est un choc émotionnel violent, quand on se marie très jeune, et qu'entre l'intelligence et l'affectivité il ne s'est pas encore établi un harmonieux équilibre. Il me semblait n'avoir plus d'avenir : Jean-Charles, les petites en avaient un; moi pas; alors à quoi bon me cultiver? Cercle vicieux : je me négligeais, je m'ennuyais et je me sentais de plus en plus dépossédée de moi. (Et, bien sûr, sa dépression avait des causes plus profondes, mais elle n'a pas eu besoin d'une psychanalyse pour s'en sortir; elle a pris un métier qui l'a intéressée; elle s'est récupérée.) Et maintenant? Le problème est autre : le temps me manque; les idées à trouver, les slogans à rédiger tournent à l'obsession. Tout de même, juste après être entrée à Publinf elle lisait au moins les journaux; maintenant elle se repose sur Jean-Charles pour se tenir au courant : ça ne suffit pas. « Faites-vous vous-même une opinion! » disait Mlle Houchet. Elle serait bien déçue si elle me voyait aujourd'hui! Laurence tend la main vers *Le Monde* qui traîne sur un guéridon. C'est décourageant; il faudrait n'avoir jamais perdu le fil, sinon on se noie : tout a toujours commencé avant. Qu'est-ce que le

Burundi? et l'O.C.A.M.? Pourquoi les bonzes s'agitent-ils? Qui était le général Delgado? Où se situe exactement le Ghana? Elle replie le journal, soulagée tout de même, parce qu'on ne sait jamais ce qu'on risque d'y découvrir. J'ai eu beau me blinder, je ne suis pas aussi solide qu'eux. « Le côté convulsif des femmes », dit Jean-Charles qui est pourtant féministe. Je lutte contre; j'ai horreur de me convulser, alors le mieux c'est d'éviter les occasions.

Elle reprend le dossier. Pourquoi existe-t-on? Ce n'est pas mon problème. On existe. Il s'agit de ne pas s'en apercevoir, de prendre son élan, de filer d'un trait jusqu'à la mort. L'élan s'est brisé il y a cinq ans. J'ai rebondi. Mais c'est long le temps. On retombe. Mon problème, c'est cet effondrement de loin en loin, comme s'il y avait une réponse à la question de Catherine, une réponse effrayante. Mais non! C'est déjà glisser vers la névrose que de penser ça. Je ne retomberai pas. Maintenant je suis prévenue, je suis armée, je me tiens en main. Et d'ailleurs les vraies raisons de ma crise, je ne les ignore pas et je les ai dépassées : j'ai explicité le conflit qui oppose mes sentiments à l'égard de Jean-Charles à ceux que j'éprouve pour mon père; il ne me déchire plus. Je suis au net avec moi-même.

Les enfants dorment, Jean-Charles lit. Quelque part Lucien pense à elle. Elle sent sa vie autour d'elle, pleine, chaude, nid, cocon, et il suffit d'un peu de vigilance pour que rien ne fissure cette sécurité.

CHAPITRE II

« Pourquoi Gilbert veut-il me voir? » Au fond
des jardins mouillés qui sentent l'automne et la
province, toutes les maisons de Neuilly ressemblent
à des cliniques. « N'en parlez pas à Dominique. »
Il y avait de la peur dans sa voix. Un cancer? ou
bien c'est le cœur?

— Merci d'être venue.

Harmonie des gris et des rouges, moquette
noire, éditions rares sur les rayonnages en bois
précieux, deux tableaux modernes aux signatures
coûteuses, l'installation haute fidélité, le bar : c'est
ce bureau de milliardaire qu'il s'agit de vendre à
chaque client pour le prix d'un coupon de reps ou
d'une étagère en pitchpin.

— Un peu de whisky?

— Non merci. — Elle a la gorge nouée. —
Qu'est-ce qui se passe?

— Un jus de fruits?

— Je veux bien.

Il la sert, il se sert, il met des glaçons dans son
verre, il prend son temps. Parce qu'il a l'habitude
de mener le jeu et de ne parler qu'à son heure? ou
bien est-il embarrassé?

— Vous connaissez bien Dominique : vous pourrez me donner un conseil.

Le cœur, ou un cancer. Pour que Gilbert demande un conseil à Laurence, il faut que ce soit grave. Elle entend des mots qui restent suspendus en l'air, dénués de sens :

— Je suis amoureux d'une jeune fille.

— Comment ça?

— Amoureux. Comme : amour. D'une jeune fille de dix-neuf ans.

Sa bouche esquisse un sourire rond et il parle d'une voix paternelle, comme s'il expliquait à une arriérée une vérité très simple :

— Ce n'est pas si rare, aujourd'hui, qu'une fille de dix-neuf ans aime un homme qui en a plus de cinquante.

— Parce qu'elle vous aime aussi?

— Oui.

Non, crie Laurence, sans voix. Maman! ma pauvre maman! Elle ne veut pas interroger Gilbert, elle ne veut pas l'aider à s'expliquer. Il se tait. Elle cède, elle n'est pas de taille :

— Alors?

— Alors nous allons nous marier.

Cette fois elle crie à haute voix :

— Mais c'est impossible!

— Marie-Claire accepte le divorce. Elle connaît Patricia et l'aime beaucoup.

— Patricia?

— Oui. La fille de Lucile de Saint-Chamont.

— C'est impossible! répète Laurence.

Elle a vu une fois Patricia, une fillette de douze ans, blonde et maniérée; et sa photo l'année dernière, toute en blanc au bal des debs; une ravissante dinde, fauchée, que sa mère jette dans des bras riches.

— Vous n'allez pas quitter Dominique : sept ans!

— Justement.

Il a pris sa voix cynique et sa bouche s'arrondit, poussant en avant un sourire. Il est tout simplement mufle. Laurence sent battre son cœur, très fort, très vite; elle vit un de ces cauchemars où on ne sait pas si les choses vous arrivent vraiment ou si on assiste à un film d'épouvante. Marie-Claire accepte le divorce; bien sûr, elle est trop heureuse de jouer un sale tour à Dominique.

— Mais Dominique vous aime. Elle pense que vous finirez votre vie ensemble. Elle ne supportera pas d'être abandonnée.

— On supporte, on supporte, dit Gilbert.

Laurence se tait, tous les mots sont inutiles, elle le sait.

— Allons, ne prenez pas cet air consterné. Votre mère a du ressort. Elle se rend très bien compte qu'une femme de cinquante et un ans est plus âgée qu'un homme de cinquante-six. Elle tient à sa carrière, à sa vie mondaine, elle se fera une raison. Je me demande seulement, c'est là-dessus que je voulais vous consulter, quelle est la meilleure manière de lui présenter les choses.

— Elles seront toutes mauvaises.

Gilbert regarde Laurence de cet air charmé qui lui a valu sa réputation de charmeur :

— J'ai beaucoup de confiance en votre jugement. A votre avis, dois-je seulement lui dire que je ne l'aime plus, ou lui parler tout de suite de Patricia?

— Elle ne le supportera pas. Ne faites pas ça! supplie Laurence.

— Je lui parlerai demain après-midi. Arrangez-vous pour la voir en fin de journée. Elle aura besoin de quelqu'un. Vous me téléphonerez pour me dire comment elle aura réagi.

— Ah! non! dit Laurence.

— Il s'agit de la blesser le moins possible : je voudrais même pouvoir conserver son amitié; c'est pour son bien.

Laurence se lève et marche vers la porte; il la saisit par le bras :

— Ne lui parlez pas de cette conversation.

— Je ferai ce qui me plaira.

Derrière elle, Gilbert marmotte des fadaises, elle ne lui tend pas la main, elle claque la porte, elle le hait. C'est un soulagement de pouvoir s'avouer soudain : « J'ai toujours détesté Gilbert. » Elle marche en écrasant les feuilles mortes et autour d'elle la peur est épaisse comme un brouillard; mais lumineuse, dure, une évidence perce ces ténèbres : « Je le hais! » Et elle pense : « Dominique le haïra! » Elle est orgueilleuse, elle est forte. « On ne se conduit pas comme une midinette. » Elle souffrira mais son orgueil la sauvera. Rôle difficile mais beau : la femme qui encaisse avec élégance une rupture. Elle se jettera dans le travail, elle prendra un nouvel amant... Et si j'allais moi-même la prévenir, tout de suite? Laurence reste assise, immobile, au volant de sa voiture. Elle est en sueur soudain, elle a envie de vomir. Impossible que Dominique entende ces mots que veut lui dire Gilbert. Quelque chose arrivera : il mourra dans la nuit, ou elle. Ou la terre sautera.

Demain, c'est aujourd'hui; la terre n'a pas sauté. Laurence se gare dans un passage clouté, tant pis pour la contravention. Trois fois elle a appelé du bureau et entendu la sonnerie : pas libre. Dominique a décroché l'écouteur. Elle prend l'ascenseur, elle essuie ses mains moites. Avoir l'air naturel.

— Je ne te dérange pas? Je n'arrivais pas à t'avoir au téléphone et je voulais te demander un conseil.

C'est cousu de fil blanc, elle ne demande jamais de conseil à sa mère, mais Dominique l'a à peine écoutée :

— Entre.

Elles s'asseyent dans le coin « relaxe-silence » du grand salon aux tons feutrés. Dans un vase, un énorme bouquet de fleurs jaunes et aiguës qui ressemblent à de méchants oiseaux. Dominique a les yeux gonflés. Elle pleure donc? D'un ton de défi presque triomphant elle jette :

— J'en ai une bien bonne à te raconter!

— Quoi donc?

— Gilbert vient de m'annoncer qu'il aime une autre femme.

— C'est une plaisanterie! Qui ça?

— Il ne me l'a pas dit. Il m'a seulement expliqué qu'il fallait « mettre nos rapports sur un autre plan ». La jolie formule! Il ne viendra pas à Feuverolles ce week-end. — La voix persiflante vibre de haine : — Il me plaque, quoi! Mais je saurai qui est cette personne et je te jure que je ne lui ferai pas de bien!

Laurence hésite : en finir d'un coup? Le cœur lui manque, elle a peur. Gagner du temps.

— Ce n'est sans doute qu'un caprice.

— Gilbert n'a jamais de caprice; il n'a que des volontés. — Un hurlement soudain : Salaud! Le salaud!

Laurence prend sa mère aux épaules :

— Ne crie pas.

— Je crierai tant qu'il me plaira. Salaud, salaud!

Jamais Laurence n'aurait pensé que sa mère pût crier ainsi, qu'on pût crier ainsi : on dirait du mauvais théâtre. Au théâtre, oui; pas pour de vrai, pas dans la vie. La voix monte, aiguë, indécente dans la tiédeur du coin relaxe-silence :

— Salaud! Salaud!

(Dans un autre salon, tout à fait différent, exactement pareil, avec des vases pleins de fleurs luxueuses, le même cri sort d'une autre bouche : « Salaud! »)

Dominique s'est effondrée sur le divan, elle sanglote :

— Tu te rends compte. Me faire ça à moi. Il me plaque comme une midinette.

— Tu ne te doutais de rien?

— Rien. Il m'a bien roulée. Tu l'as vu l'autre dimanche : il était tout sourire.

— Qu'a-t-il dit au juste?

Dominique se redresse, elle passe la main dans ses cheveux, ses larmes coulent :

— Qu'il me devait la vérité. Il m'estime, il m'admire; le baratin habituel. Mais il en aime une autre.

— Tu n'as pas demandé son nom?

— Je m'y suis mal prise, dit Dominique entre ses dents. — Elle s'essuie les yeux. — Je les entends d'ici, toutes les bonnes petites amies. Gilbert Mortier a plaqué Dominique. Comme elles vont jubiler!

— Remplace-le tout de suite : il y a assez de types qui te font la cour.

— Parlons-en : de petits arrivistes...

— Pars en voyage; montre-leur que tu peux te passer de lui. C'est un salaud, tu as raison. Débrouille-toi pour l'oublier.

— Il serait trop content! Tu parles si ça l'arrangerait.

Elle se lève, elle marche à travers le salon :

— Je le reprendrai. D'une manière ou d'une autre. — Elle regarde Laurence avec des yeux méchants : — Il était ma dernière chance, comprends-tu!

— Mais non.

— Allons donc! à cinquante et un ans on ne refait pas sa vie. — Elle répète, d'un ton maniaque : — Je le reprendrai! De gré ou de force.

— De force?

— Si je trouve un moyen de faire pression sur lui.

— Quel moyen?

— Je chercherai.

— Mais à quoi ça t'avancerait de le garder, si c'est de force?

— A le garder. Je ne serai pas une femme plaquée.

Elle se rassied, les yeux fixes, la bouche serrée. Laurence parle. Elle dit des mots cueillis jadis sur les lèvres de sa mère; dignité, sérénité, courage, respect de soi, faire bonne figure, se conduire avec classe, avoir le beau rôle. Dominique ne répond rien. Elle dit d'un air las :

— Rentre chez toi. J'ai besoin de réfléchir. Tu seras gentille de téléphoner de ma part aux Pétridès en disant que j'ai une angine.

51

— Tu pourras dormir?

— En tout cas, je ne forcerai pas sur les barbituriques, si c'est ce qui t'inquiète.

Elle prend les mains de Laurence, dans un geste inhabituel, gênant; ses doigts se crispent sur les poignets :

— Tâche de savoir qui est cette femme.

— Je ne connais pas le milieu de Gilbert.

— Essaie tout de même.

Laurence descend lentement l'escalier. Quelque chose se convulse dans sa poitrine et l'empêche de respirer. Elle préférerait fondre de tendresse et de tristesse. Mais il y a ce cri dans ses oreilles, elle revoit ce regard méchant. Rage et vanité blessée, douleur aussi déchirante qu'une peine d'amour : mais sans amour. Qui aimerait Gilbert d'amour? Et Dominique, a-t-elle jamais aimé? peut-elle aimer? (Il marchait dans la maison comme une âme en peine, il l'avait aimée, il l'aimait encore. Et Laurence fondait de tristesse et de tendresse. Et depuis, il y avait toujours eu autour de Dominique une espèce de halo maléfique.) Sa souffrance même ne l'humanise pas. C'est comme d'entendre grincer une langouste, un bruit inarticulé, n'évoquant rien, sinon la douleur toute nue. Bien plus intolérable que si on pouvait la partager.

J'essayais de ne pas entendre; mais les langoustes grinçaient encore dans mes oreilles quand je suis arrivée chez moi. Louise battait des œufs en neige dans la cuisine, sous la surveillance de Goya; je l'ai embrassée. « Catherine est rentrée? — Elle est dans sa chambre, avec Brigitte. » Elles étaient assises l'une en face de l'autre, dans le noir. J'ai allumé, Brigitte s'est levée : « Bonjour, m'dame. » J'ai tout de suite remarqué la grosse épingle de nourrice plantée dans l'ourlet de sa jupe : une enfant sans mère, je le savais par Catherine; longue, maigre, des cheveux châtains coupés trop court et peu soignés, un pull-over d'un bleu défraîchi; mieux arrangée, elle pourrait être jolie. La pièce était en désordre; des chaises renversées, des coussins par terre.

— Je suis contente de vous connaître.

J'ai embrassé Catherine :

— A quoi jouez-vous?

— Nous causions.

— Et ce désordre?

— Oh! tout à l'heure, avec Louise, on a fait les folles.

— Nous allons ranger, a dit Brigitte.

— Ce n'est pas pressé.

J'ai relevé un fauteuil et je me suis assise. Qu'elles aient couru, sauté, renversé des meubles, je m'en moquais bien; mais de quoi parlaient-elles, quand j'étais entrée?

— De quoi parliez-vous?

— Comme ça, on parlait, a dit Catherine. Debout devant moi, Brigitte m'examinait, sans effronterie, mais avec une franche curiosité. J'étais un peu gênée. Entre adultes, on ne se regarde pas vraiment. Ces yeux-là me voyaient. J'ai pris sur la table *Don Quichotte* — version abrégée et illustrée — que Catherine avait prêté à son amie.

— Vous l'avez fini? vous avez aimé? Asseyez-vous donc.

Elle s'est assise :

— Je ne l'ai pas fini.

Elle m'a fait un très joli sourire, pas du tout enfantin et même un peu coquet :

— Je m'ennuie quand un livre est trop long. Et puis j'aime mieux les histoires vraies.

— Les récits historiques?

— Oui. Et les voyages; et ce qu'on lit dans les journaux.

— Votre papa vous laisse lire les journaux?

Elle a eu l'air interloqué; d'une voix hésitante elle a murmuré :

— Oui.

Papa a raison, ai-je pensé, je ne contrôle pas tout. Si elle apporte les journaux au lycée, si elle raconte ce qu'elle a lu dedans... tous ces horribles faits divers : enfants martyrs, enfants noyés par leur propre mère.

— Vous comprenez tout?

— Mon frère m'explique.

Son frère est étudiant, son père médecin. Seule entre deux hommes. On ne doit pas beaucoup la surveiller. Lucien prétend que les fillettes qui ont de grands frères mûrissent plus vite que les autres : c'est peut-être pour ça qu'elle a déjà des manières de petite femme.

— Que voulez-vous faire plus tard? Vous avez des projets?

Elles se sont regardées d'un air complice.

— Je serai médecin. Elle sera agronome, a dit Catherine.

— Agronome? Vous aimez la campagne?

— Mon grand-père dit que l'avenir dépend des agronomes.

Je n'ai pas osé demander qui était ce grand-père. J'ai regardé ma montre. Huit heures moins le quart.

— Catherine doit aller se préparer pour dîner. Je pense que chez vous aussi on vous attend.

— Oh! chez moi, on dîne quand on veut, a-t-elle dit d'un ton désinvolte. Sûrement il n'y a encore personne à la maison.

Oui, son cas était clair. Une petite fille délaissée qui a appris à se suffire. On ne lui permettait ni ne lui défendait rien; elle poussait, au hasard. Comme Catherine semblait enfantine par comparaison! Ç'aurait été gentil de la retenir à dîner. Mais Jean-Charles déteste l'imprévu. Et, je ne sais pas pourquoi, je ne tenais pas à ce qu'il rencontre Brigitte.

— Il est tout de même temps que vous rentriez. Mais attendez, je vais faire un point à votre jupe.

Ses oreilles sont devenues toutes rouges :

— Oh! ce n'est pas la peine.

— Mais si, c'est vilain.

— Je la raccommoderai en rentrant.

— Laissez-moi au moins arranger l'épingle. Je l'ai fait, elle m'a souri :

— Vous êtes gentille!

— Je voudrais que nous fassions un peu mieux connaissance. Ça vous dirait d'aller jeudi au Musée de l'Homme, avec Catherine et Louise?

— Oh! oui!

Catherine a reconduit Brigitte jusqu'à la porte d'entrée; elles ont chuchoté et ri. J'aurais aimé m'asseoir dans le noir avec une petite fille de mon âge, et rire et chuchoter. Mais Dominique disait toujours : « Elle est sûrement très sympathique, ta camarade, mais, ma pauvre petite, elle est tellement ordinaire. » Marthe a eu une amie, la fille d'un ami de papa, bouchée et sotte. Moi non. Jamais.

— Elle est sympathique, ta petite amie.

— On s'amuse bien ensemble.

— Elle a de bonnes notes?

— Oh oui, les meilleures.

— Les tiennes sont plus faibles qu'au début du mois. Tu n'es pas fatiguée?

— Non.

Je n'ai pas insisté.

— Elle est plus âgée que toi : c'est pour ça qu'on lui permet de lire les journaux. Mais tu te rappelles ce que je t'ai dit : toi, tu es encore trop petite.

— Je me rappelle.

— Et tu ne désobéis pas?

— Non.

Il y avait des réticences dans la voix de Catherine.

— Tu n'en as pas l'air très convaincue.

— Mais si. Seulement tu sais, c'est pas difficile à comprendre, ce que Brigitte me raconte.

Je me suis sentie embarrassée. Brigitte me plaît. Mais a-t-elle une bonne influence sur Catherine?

— C'est drôle de vouloir être agronome : tu comprends ça?

— Moi j'aime mieux être médecin. Je guérirai les malades et elle fera pousser du blé et des tomates dans les déserts et tout le monde aura à manger.

— Tu lui as montré l'affiche où le petit garçon a faim?

— C'est elle qui me l'a montrée.

Évidemment. Je l'ai envoyée se laver les mains et se recoiffer, et je suis entrée dans la chambre de Louise. Assise devant son pupitre, elle dessinait. Je me suis souvenue. La pièce sombre, avec juste une petite lampe allumée, les crayons de couleur, derrière moi une longue journée pailletée de petits

56

plaisirs, et le monde dehors, immense et mystérieux. Précieux instants à jamais perdus. Pour
elles aussi, un jour, ils seront perdus à jamais.
Quel dommage! Les empêcher de grandir. Ou
alors... quoi?

— Il est joli ton dessin, mon chéri.

— Je te le donne.

— Merci. Je le mettrai sur la table. Tu t'es bien
amusée avec Brigitte?

— Elle m'a appris des danses... — La voix de
Louise s'est attristée : — Mais après, elles m'ont
mise à la porte.

— Elles avaient à causer. Et comme ça tu as pu
aider Goya à préparer le dîner. Papa sera fier quand
il saura que c'est presque toi qui as fait le soufflé.

Elle a ri, et puis nous avons entendu la clé tourner dans la serrure et elle a couru au-devant de son
père.

C'était hier. Et Laurence est préoccupée. Elle
revoit le sourire de Brigitte : « Vous êtes gentille »,
et elle s'attendrit. Cette amitié peut être profitable
pour Catherine; elle a l'âge de s'intéresser à ce qui
se passe dans le monde; moi je ne lui en parle pas
assez et son père l'intimide; seulement il ne faudrait
pas non plus la traumatiser. Les grands-parents
maternels de Brigitte vivent en Israël, elle a passé
l'année dernière avec eux, ce qui l'a mise en retard
pour ses études. Y a-t-il eu des morts dans sa
famille? Toutes ces horreurs qui m'ont tant fait
pleurer, les a-t-elle racontées à Catherine? Il faut
que je sois vigilante, que je me tienne au courant,
que je renseigne moi-même ma fille. Laurence essaie
de se concentrer sur *France-Soir*. Encore un fait
divers affreux. Douze ans : il s'est pendu dans sa

prison; il a demandé des bananes, une serviette, et il s'est pendu. « Des faux frais. » Gilbert expliquait qu'en toute société il y a forcément des faux frais. Oui, forcément. N'empêche que cette histoire bouleverserait Catherine.

Gilbert. « Amour, comme amour. » Quel salaud! « Salaud, salaud », hurle Dominique dans le coin relaxe-silence. Ce matin, au téléphone, elle a dit d'une voix sombre qu'elle avait bien dormi, et elle a raccroché très vite. Que puis-je pour elle? Rien. C'est si rare qu'on puisse quelque chose pour quelqu'un... Pour Catherine, oui. Alors, le faire. Savoir répondre à ses questions et même les devancer. Lui faire découvrir la réalité sans l'effrayer. Pour ça je dois d'abord m'informer. Jean-Charles me reproche de me désintéresser de mon siècle; lui demander de m'indiquer des livres; m'obliger à les lire. Ce n'est pas neuf ce projet. Périodiquement Laurence prend des résolutions, mais — pour quelles raisons au juste? — sans avoir vraiment l'intention de les tenir. Cette fois c'est différent. Il s'agit de Catherine. Elle ne se pardonnerait pas de lui faire défaut.

— C'est bon que tu sois là, dit Lucien.

Laurence est assise, en robe de chambre, dans le fauteuil de cuir et lui à ses pieds, en robe de chambre, le visage levé vers elle.

— Moi aussi je suis bien.

— Je voudrais que tu sois là toujours.

Ils ont fait l'amour, légèrement dîné, bavardé, et refait l'amour. Elle se plaît dans cette chambre; il y a un lit-divan recouvert d'une fourrure, une table, deux fauteuils de cuir noir achetés à la foire aux puces, sur une étagère quelques livres, une lunette astronomique, une rose des vents, un sextant, dans un coin des skis et des valises en peau de porc; c'est désinvolte, rien de luxueux; mais on ne s'étonne pas que la penderie enferme cette abondance de complets élégants, de vestes en daim, de pulls en cachemire, de foulards, de souliers. Lucien entrouvre le peignoir de Laurence et lui caresse le genou.

— Tu as de jolis genoux. C'est rare les jolis genoux.

— Tu as de belles mains.

Il est moins bien fait que Jean-Charles, trop maigre; mais les mains sont fines et nerveuses, le visage mobile, sensible, et ses gestes ont une grâce sinueuse. Il vit dans un monde feutré, tout en nuances, en demi-teintes, en clair obscur; alors qu'auprès de Jean-Charles il est toujours midi : une lumière égale et crue.

— Tu veux boire quelque chose?

— Non, mais sers-toi.

Il se verse un bourbon « on the rocks », d'une marque très rare, paraît-il; la nourriture l'intéresse peu, mais pour l'alcool et les vins, il se pique d'être connaisseur. Il se rassied aux pieds de Laurence.

— Je parie que tu ne t'es jamais soûlée.

— Je n'aime pas l'alcool.

— Tu ne l'aimes pas ou tu en as peur?

Elle caresse les cheveux noirs qui ont gardé une douceur d'enfance : — Ne joue pas au psychologue avec moi.

— C'est que tu es une petite bonne femme pas si facile à comprendre. Quelquefois si jeune, si gaie, toute proche; à d'autres, une sacrée Minerve casquée.

Au début, elle aimait qu'il lui parle d'elle; toutes les femmes aiment ça et sur ce point Jean-Charles ne l'avait pas gâtée, mais au fond, c'est oiseux. Elle savait trop bien ce qui intriguait Lucien; ou plutôt ce qui l'inquiétait :

— Bah! tout dépend de ma coiffure.

Il pose la tête sur ses genoux :

— Laisse-moi rêver cinq minutes que nous resterons ainsi toute la vie. Nous aurons les cheveux blancs sans même nous en être aperçus. Tu seras une adorable vieille dame.

— Rêve, mon chéri.

Pourquoi dit-il ces sottises? Un amour qui n'en finirait pas, c'est comme dans la chanson, « ça n'existe pas, ça n'existe pas ». Mais la voix nostalgique fait lever en elle comme un écho brouillé de quelque chose vécu jadis, dans une autre vie, ou peut-être en ce moment, sur une autre planète. C'est insinuant et pernicieux comme un parfum, la nuit, dans une chambre fermée — un parfum de narcisses. Elle dit un peu sèchement :

— Tu te fatiguerais de moi.

— Jamais.

— Ne sois pas romantique.

— Un vieux médecin s'est empoisonné l'autre jour, la main dans la main de sa femme morte depuis une semaine. Ça arrive...

— Oui, mais pour quelles motivations? demande-t-elle en riant.

Il dit avec reproche :

— Je ne ris pas.

Elle a laissé la conversation prendre un tour

bêtement sentimental et partir ne sera pas facile.

— Je n'aime pas penser à l'avenir; le présent me suffit, dit-elle en pressant sa main contre la joue de Lucien.

— C'est vrai? — Il la regarde avec ses yeux où brille d'un éclat presque insoutenable son image. — Tu ne t'ennuies pas avec moi?

— Quelle idée! Avec personne je ne m'ennuie moins.

— Drôle de réponse.

— C'est que tu poses de drôles de questions. J'avais l'air de m'ennuyer ce soir?

— Non.

La conversation de Lucien est amusante. Ensemble ils s'interrogent sur les gens de Publinf, sur les clients, ils leur inventent des aventures. Ou Lucien raconte des romans qu'il a lus, il décrit des endroits qu'il a vus et il sait trouver le détail qui éveille en Laurence une fugitive envie de lire, de voyager. Tout à l'heure, il a parlé de Fitzgerald, qu'elle ne connaît que de nom et elle s'étonne qu'une histoire si irréelle puisse avoir été vraiment vécue.

— Ça a été une parfaite soirée, dit-elle.

Il sursaute :

— Pourquoi dis-tu : ç'a été? Elle n'est pas finie...

— Deux heures du matin. Mon chéri, il va falloir que je rentre.

— Comment? tu ne restes pas dormir ici?

— Les enfants sont trop grandes, ça devient dangereux.

— Oh! je t'en prie.

— Non.

Souvent l'an dernier, quand Jean-Charles était

61

au Maroc, elle disait : non. Elle partait et brusquement elle arrêtait la voiture, elle faisait demi-tour et montait en courant l'escalier. Il la serrait dans ses bras : « Tu es revenue! » et elle restait jusqu'à l'aube. A cause de cette joie sur son visage. Un piège comme un autre. Aujourd'hui elle ne reviendra pas. Et il le sait.

— Alors quoi? tu ne passeras aucune de ces nuits avec moi.

Elle se raidit. Il s'est persuadé qu'en l'absence de Jean-Charles elle dormirait avec lui. Mais elle n'a rien promis.

— Imagine que mes filles se rendent compte. Le risque est trop grand.

— Tu le prenais l'année dernière.

— J'en avais des remords.

Ils se sont levés tous les deux. Il arpente la chambre et se plante devant elle, l'air furieux :

— Toujours la même musique. Un peu adultère sur les bords, mais bonne épouse, bonne mère. Pourquoi n'y a-t-il pas de mot pour dire mauvaise amante, mauvaise maîtresse... — Sa voix s'étrangle, le regard se trouble : — Ça signifie que nous ne passerons plus jamais de nuit ensemble : nous n'aurons pas de meilleure occasion.

— Peut-être que si.

— Non, parce que tu n'en provoqueras pas. Tu ne m'aimes plus, dis-le.

— Alors pourquoi suis-je ici?

— Tu ne m'aimes plus comme avant. Depuis que tu es rentrée de vacances, ce n'est plus comme avant.

— Je t'assure que si. Nous avons eu vingt fois cette querelle, avant. Laisse-moi m'habiller.

Il se verse un autre verre tandis qu'elle se dirige vers la salle de bains, aux étagères couvertes de bouteilles et de pots. Lucien collectionne les lotions et les crèmes dont les clients font cadeau à Publinf, par amusement mais aussi parce qu'il prend un soin méticuleux de sa personne. Bien sûr. J'écraserais mes remords, si c'était comme avant; le trouble qui foudroie, la nuit qui flambe, tourbillons et avalanches de désirs et de délices : pour ces métamorphoses on peut trahir, mentir, tout risquer. Mais pas pour ces caresses aimables, pour un plaisir si semblable à celui qu'elle prend avec Jean-Charles. Pas pour des émotions rassises qui font partie du train-train quotidien : « Même l'adultère, c'est fonctionnel », se dit-elle. Ces disputes, qui la remuaient tant, maintenant l'excèdent. Quand elle rentre dans la chambre, il a vidé son second verre.

— J'ai compris, va. Tu as voulu une aventure par curiosité, parce qu'on est tout de même une gourde si on n'a jamais trompé son mari... Mais rien de plus. Et moi, pauvre idiot, qui te parlais d'amour éternel.

— C'est faux. — Elle s'approche, et l'embrasse : — Je tiens à toi très fort.

— Très fort! Je n'ai jamais eu de ta vie que des miettes. Je m'y suis résigné. Mais si tu dois me donner moins encore, il vaut mieux rompre.

— Je fais ce que je peux.

— Tu ne peux pas léser ton mari, ni tes filles, mais me faire souffrir, ça tu peux.

— Je ne veux pas que tu souffres.

— Allons donc! ça t'est complètement égal. Je te croyais différente des autres; par moments on dirait presque que tu as un cœur. Mais non. Pour être une femme dans le vent, une femme libre et qui réussit dans la vie, qu'est-ce qu'on en a à foutre, d'un cœur?

Il parle, il parle. Quand Jean-Charles a des ennuis, il se tait. Lucien parle. Deux méthodes. C'est vrai que dès l'enfance j'ai appris à maîtriser mon cœur. Est-ce un bien ou un mal? Question oiseuse, on ne se refait pas.

— Tu ne bois pas, tu ne sors jamais de tes gonds, pas une fois je ne t'ai vue pleurer, tu as peur de te perdre : j'appelle ça refuser de vivre.

Elle se sent atteinte, elle ne sait trop en quel coin d'elle-même :

— Je n'y peux rien. Je suis comme je suis.

Il la saisit au poignet :

— Tu te rends compte! Depuis un mois, j'attends ces nuits. J'y rêvais, toutes les nuits.

— Bon, j'ai eu tort : j'aurais dû te prévenir!

— Tu ne l'as pas fait : alors reste!

Elle se dégage doucement.

— Rends-toi compte : si Jean-Charles avait des soupçons, notre histoire deviendrait impossible.

— Parce que, forcément, tu me sacrifierais?

— Ne revenons pas là-dessus.

— Non. Je sais bien que j'ai perdu.

Le visage de Lucien s'est radouci, il n'y a plus dans ses yeux qu'une grande tristesse.

— Alors, à demain, dit-il.

— A demain. Nous aurons une belle soirée.

Elle l'embrasse, il ne lui rend pas son baiser; il la regarde d'un air douloureux.

Elle n'éprouve pas de pitié; mais plutôt, tandis qu'elle regagne sa voiture, une espèce d'envie. Elle a souffert, au Havre, cette nuit où il a déclaré qu'il préférait renoncer tout de suite : c'était tout au début de leur histoire, elle enquêtait sur la vente du café Mokeski et il l'avait accompagnée. Dépendre du mari, des enfants, attendre, mendier, il ne voulait pas. « Je vais le perdre! » Elle avait senti une déchirure aussi précise qu'une blessure physique. Et de nouveau l'hiver dernier quand elle était revenue de Chamonix. Ces deux semaines avaient été une torture, disait Lucien, il valait mieux en finir. Elle avait supplié; il n'avait pas cédé, il était resté dix jours sans lui parler, dix jours d'enfer. Rien à voir avec les nobles douleurs qu'on met en musique. C'était plutôt sordide : la bouche pâteuse, des envies de vomir. Mais du moins il y avait quelque chose à regretter, quelque chose au monde qui valait son poids de chagrin. Il connaît encore cette fièvre, et le désespoir, et l'espoir. Il a plus de chance que moi.

« Pourquoi Jean-Charles plutôt que Lucien? » se demande Laurence en dévisageant son mari qui étend sur une biscotte de la marmelade d'orange. Elle sait bien que Lucien va finir par se détacher d'elle et qu'il en aimera une autre. (Pourquoi moi plutôt qu'une autre?) Elle y consent et même à la longue elle le souhaite. Simplement elle se demande : « Pourquoi Jean-Charles? » Les enfants sont parties pour Feuverolles la veille au soir avec Marthe, l'appartement est silencieux. Mais les voisins profitent du dimanche pour taper à tour de bras contre la cloison. Jean-Charles frappe avec violence sur la table : « Il y en a marre! Je vais aller leur casser la gueule! » Depuis son retour il est irritable, il rabroue les enfants, il s'emporte contre Goya et il ressasse ses griefs. Vergne est un génie, un visionnaire, mais si intransigeant que finalement Dufrène a raison, il ne réalise jamais rien. L'entrepreneur n'acceptait pas intégralement son projet : il aurait dû penser à ses collaborateurs avant de laisser tomber l'affaire, c'est une fortune qui nous passe sous le nez.

— Je vais essayer d'entrer chez Monnod.

— Tu disais que vous formiez une équipe formidable, que vous travailliez dans l'enthousiasme.

— On ne se nourrit pas d'enthousiasme. Je vaux plus que ce que je gagne chez Vergne. Chez Monnod, je me ferais au moins le double.

— Remarque : nous vivons très bien comme ça.

— On vivrait encore mieux.

Jean-Charles est décidé à quitter Vergne, qui a été si chic pour lui (que serait-on devenus à la naissance de Catherine, sans les avances qu'il nous a faites?), mais il éprouve d'abord le besoin de le liquider en paroles.

— Des idées extraordinaires, tout le monde en parle, les journaux en sont remplis, c'est bien joli...

Pourquoi Jean-Charles plutôt que Lucien? Le même vide se creusant parfois quand elle est avec l'un, avec l'autre; seulement entre elle et Jean-Charles il y a les enfants, l'avenir, le foyer, un lien solide; auprès de Lucien, quand elle ne ressent plus rien, elle se retrouve devant un étranger. Mais si c'était lui qu'elle avait épousé? Ça ne serait ni mieux ni plus mal, lui semble-t-il. Pourquoi un homme plutôt qu'un autre? C'est bizarre. On se trouve embringuée pour la vie avec un type parce que c'est lui qu'on a rencontré quand on avait dix-neuf ans. Elle ne regrette pas que ç'ait été Jean-Charles, loin de là. Si vivant, si animé, des idées, des projets plein la tête, se passionnant pour ce qu'il fait, brillant, sympathique à tout le monde. Et fidèle, loyal, un beau corps, faisant bien l'amour et souvent. Il adore sa maison, ses enfants, et Laurence. D'une autre façon que Lucien, moins romantique, mais solide et touchante; il a besoin de sa présence et de son accord, dès qu'elle lui semble triste ou seulement préoccupée, il s'affole. Le mari idéal. Elle se félicite de l'avoir épousé, lui et pas un autre; mais tout de même elle s'étonne que ce soit si important et un hasard. Sans raison spéciale. (Mais tout est ainsi.) Les histoires d'âmes sœurs, est-ce qu'on en rencontre ailleurs que dans les livres? Même le vieux médecin que la mort de sa femme a tué : ça ne prouve pas qu'ils étaient vraiment faits l'un pour l'autre. « Aimer d'amour », dit papa. Est-ce que j'aime Jean-Charles — ai-je aimé Lucien — d'amour? Elle a l'impression que les gens lui sont juxtaposés, ils n'habitent pas en elle; sauf ses filles, mais ça doit être organique.

— On n'est pas un grand architecte si on ne sait pas s'adapter.

Un coup de sonnette interrompt Jean-Charles; il déplie un panneau qui divise la pièce en deux et Laurence fait entrer Mona dans son coin de bureau.

— Tu es chic d'être venue.

— J'allais pas te laisser en plan.

Mona est mignonne, en pantalon et gros pullover, garçonnière par sa silhouette, féminine par son sourire et le mouvement gracieux de son cou.

En général, elle refuse de lever le petit doigt en dehors des heures de travail : on est déjà assez exploité comme ça. Mais le projet doit être livré ce soir au plus tard et elle sait bien que sa maquette ne collait pas tout à fait. Elle regarde autour d'elle :

— Dis donc, tu habites drôlement bien! — Elle réfléchit : — Évidemment, à vous deux, vous devez vous faire un beau paquet.

Ni ironie, ni reproche : elle compare. Elle gagne gentiment sa vie, mais il paraît — elle ne parle pas beaucoup d'elle — qu'elle sort d'un milieu très modeste et qu'elle a toute une famille sur les bras. Elle s'assied à côté de Laurence et étale ses dessins sur la table de travail.

— J'en ai fait plusieurs, avec de petites variantes.

Lancer une nouvelle marque d'un produit aussi répandu que la sauce tomate, ce n'est pas commode. Laurence avait suggéré à Mona de jouer sur le contraste soleil-fraîcheur. La page réalisée était plaisante : en couleurs vives un grand soleil au ciel, un village perché, des oliviers; au premier plan, la boîte avec la marque et une tomate. Mais il manquait quelque chose : le goût du fruit, sa pulpe. Elles ont discuté longtemps. Et elles ont conclu qu'il fallait entailler la peau et mettre un peu de chair à nu.

— Ah! ça fait toute la différence du monde! dit Laurence : on a envie de mordre dedans.

— Oui, j'ai pensé que tu serais contente, dit Mona. Regarde-les toutes...

D'une feuille à l'autre, il y a de légers changements de couleur et de forme.

— C'est difficile de choisir.

Jean-Charles entre dans la pièce, ses dents

brillent, très blanches, tandis qu'il serre la main de Mona avec effusion :

— Laurence m'a tant parlé de vous! Et j'ai vu beaucoup de vos dessins. Votre Méribel me ravit. Vous avez beaucoup de talent.

— On essaie de se défendre, dit Mona.

— Lequel de ces dessins te donnerait envie de manger de la sauce tomate? demande Laurence.

— Ils se ressemblent beaucoup, non? Très jolis d'ailleurs : de vrais petits tableaux.

Jean-Charles pose la main sur l'épaule de Laurence.

— Je descends briquer la bagnole. Tu seras prête à midi et demi? Il ne faut pas partir plus tard si nous voulons arriver à Feuverolles pour déjeuner...

— Je serai prête.

Il sort dans un grand sourire.

— Vous allez à la campagne? demande Mona.

— Oui, maman a une maison. Nous y allons presque tous les dimanches. C'est une détente...

Elle allait dire machinalement : indispensable, elle s'est reprise à temps. Elle entend la voix de Gilbert : « Une détente indispensable », elle regarde le visage fripé de Mona, elle est vaguement gênée. (Pas de gêne, pas de mauvaise conscience, pas de délectation morose.)

— C'est marrant, dit Mona.

— Quoi?

— C'est marrant ce que ton mari ressemble à Lucien.

— Tu rêves! Lucien et Jean-Charles, c'est l'eau et le feu.

— Pour moi c'est deux gouttes d'eau.

— Je ne vois vraiment pas.

— C'est des types à belles manières et à dents blanches qui savent causer, et qui se collent de l'*after-shave* sur la peau après s'être rasés.

— Ah! si tu vas par là...

— Je vais par là. — Elle brise net : — Alors? quel est le projet que tu préfères?

Laurence les examine de nouveau. Lucien et Jean-Charles se servent d'*after-shave*, soit. Et le type de Mona, comment est-il? Elle a envie de la faire parler, mais celle-ci a repris l'air fermé qui intimide Laurence. Comment passera-t-elle son dimanche?

— Je crois que c'est celui-ci le meilleur. A cause du village : j'aime comme les maisons dégringolent...

— Moi aussi, c'est mon préféré, dit Mona. — Elle range ses papiers : — Bon. Alors je me tire.

— Tu ne veux pas prendre un verre? De vin, de whisky? ou de jus de tomate?

Elles rient.

— Non, je n'ai envie de rien. Mais montre-moi ta crèche.

Mona passe de pièce en pièce, sans rien dire. Parfois elle touche un tissu d'ameublement, le bois d'une table. Dans le coin salon, inondé de soleil, elle se laisse tomber dans une bergère.

— Je comprends que vous ne compreniez rien.

D'ordinaire, Mona est amicale, mais par moments elle a l'air de détester Laurence. Laurence n'aime pas être détestée, en général, et par Mona en particulier. Celle-ci se lève et, tout en boutonnant sa veste, elle jette autour d'elle un dernier regard que Laurence déchiffre mal : en tout cas ce n'est pas de l'envie.

Laurence la raccompagne jusqu'à l'ascenseur et retourne à sa table. Elle glisse dans une enveloppe la maquette choisie et le texte qu'elle a composé : elle se sent vaguement vexée. La voix dédaigneuse de Mona : quelle supériorité se croit-elle? Elle n'est pas communiste, mais elle doit tout de même avoir la mystique du prolétariat, comme dit Jean-Charles; il y a quelque chose de sectaire en elle, ce n'est pas la première fois que Laurence s'en aperçoit. (« S'il y a quelque chose que je déteste, c'est le sectarisme », disait papa.) Dommage. C'est pour ça que chacun reste confiné dans son petit cercle. Si chacun y mettait un peu de bonne volonté, ça ne serait pourtant pas difficile de s'entendre, se dit Laurence avec regret.

C'est vexant, pense Laurence, je ne me rappelle jamais mes rêves. Jean-Charles en a un à raconter chaque matin : précis, un peu baroque comme ceux qu'on montre au cinéma ou qu'on raconte dans les livres. Moi, rien. Tout ce qui m'arrive pendant ces épaisseurs de nuit : une vraie vie qui me concerne et qui m'échappe. Si je la connaissais, ça m'aiderait peut-être (à quoi?). Elle sait en tout cas pourquoi elle se réveille le matin oppressée : Dominique. Dominique qui s'est taillé son chemin dans la vie à coups de hache, écrasant, écartant tout ce qui la gênait et soudain impuissante et se débattant avec rage. Elle a revu Gilbert «sur un plan d'amitié» et il n'a pas dit le nom de l'autre femme. « Existe-t-elle seulement? » m'a-t-elle dit d'un ton soupçonneux.
— Pourquoi te mentirait-il?
— Il est tellement compliqué!

J'ai demandé à Jean-Charles :

— A ma place, tu lui dirais la vérité?

— Sûrement non. On a toujours avantage à se mêler le moins possible des histoires des autres.

Dominique garde donc un vague espoir. Bien vacillant. Dimanche à Feuverolles, elle est restée enfermée dans sa chambre en prétextant un mal de tête, ravagée par l'absence de Gilbert, pensant : « Il ne viendra plus jamais. » Au téléphone — elle me téléphone tous les jours — elle me le peint en traits si hideux que je comprends mal comment elle a pu tenir à lui : arrogant, narcissiste, sadique, farouchement égoïste, sacrifiant tout le monde à son confort et à ses manies. D'autres fois elle me vante son intelligence, sa force de volonté, l'éclat de ses réussites et elle affirme : « Il me reviendra. » Elle hésite sur la tactique à suivre : douceur ou violence? Qu'est-ce qu'elle fera le jour — bientôt — où Gilbert lui avouera tout? Se tuer; tuer? Je ne peux rien imaginer. Je n'ai connu Dominique que triomphante.

Laurence examine les livres que Jean-Charles lui a conseillés. (Il riait : « Ah! tu te décides? Ça me fait bien plaisir. Tu te rendras compte que tout de même nous vivons à une époque assez extraordinaire. » Il a l'air tout jeune quand il pique une de ses crises d'enthousiasme.) Elle les a feuilletés, elle a regardé les conclusions; ils disent la même chose que Jean-Charles et Gilbert : tout va beaucoup mieux qu'avant, tout ira mieux plus tard. Certains pays sont mal partis : l'Afrique noire, en particulier; la poussée démographique en Chine et dans toute l'Asie est inquiétante; cependant, grâce aux protéines synthétiques, à la contraception, à l'automation, à l'énergie nucléaire, on peut considérer que vers 1990 sera instaurée la civilisation de l'abondance et des loisirs. La terre ne formera plus qu'un seul monde, parlant peut-être — grâce aux traductions automatiques — une langue universelle; les hommes mangeront à leur faim, ils ne consacreront au travail qu'un temps infime; ils ne connaîtront plus la douleur ni la maladie. Catherine sera encore jeune, en 1990. Seulement elle voudrait être rassurée aujourd'hui sur ce qui se passe autour d'elle. Il faudrait d'autres livres, qui me donnent d'autres points de vue. Lesquels? Proust ne peut pas m'aider. Ni Fitzgerald. Hier je me suis plantée devant la vitrine d'une grande librairie. *Masse et puissance, Bandoung, Pathologie de l'entreprise, Psychanalyse de la femme, L'Amérique et les Amériques, Pour une doctrine militaire française, Une nouvelle classe ouvrière, Une classe ouvrière nouvelle, L'Aventure de l'espace, Logique et structure, L'Iran...* P r quoi commencer? Je ne suis pas entrée.

Poser des questions. Mais à qui? Mona? Elle n'aime pas bavarder; elle abat le plus de travail possible dans le minimum de temps. Et je sais ce qu'elle dirait. Elle décrira la condition ouvrière qui n'est pas ce qu'elle doit être, là-dessus tout le monde est d'accord, bien qu'avec les allocations familiales ils aient presque tous une machine à laver, la télé, et même une auto. Les logements sont insuffisants, mais la situation est en train de changer : il n'y a qu'à voir ces nouveaux immeubles, ces chantiers et ces grues jaunes et rouges dans le ciel de Paris. Les questions sociales, aujourd'hui, tout le monde s'en préoccupe. Au fond le seul problème c'est : fait-on ou non tout ce qu'on peut pour qu'il y ait plus de confort et de justice sur terre? Mona pense que non. Jean-Charles dit : « On ne fait jamais *tout* ce qu'on peut : mais en ce moment on fait énormément. » Selon lui, les gens comme Mona pèchent par impatience, ils ressemblent à Louise quand elle s'étonne qu'on ne soit pas déjà dans la lune. Hier il m'a dit : « Évidemment les incidences humaines des concentrations, de l'automation sont parfois regrettables. Mais qui voudrait arrêter le progrès? »

Laurence prend dans le porte-revues les derniers numéros de *L'Express* et de *Candide*. Dans l'ensemble, les journaux — les quotidiens, les hebdos — donnent raison à Jean-Charles. Elle les ouvre, à présent, sans appréhension. Non, il ne se passe plus rien de terrible — sauf au Viêtnam, mais personne en France n'approuve les Américains. Elle est contente d'avoir vaincu cette espèce de peur qui la condamnait à l'ignorance (bien plus que le manque de temps; le temps ça se trouve). Au fond, il suffit de prendre sur les choses un point de vue objectif. La difficulté, c'est qu'on ne peut pas le communiquer à une enfant. En ce moment Catherine semble calme. Mais si de nouveau elle s'agite, je ne saurai pas mieux lui parler qu'avant...

Crise entre l'Algérie et la France. Laurence a lu la moitié de l'article quand on sonne à la porte d'entrée : deux coups, allègres. Marthe. Laurence lui a demandé dix fois de ne pas venir à l'improviste. Mais elle obéit à des impulsions surnaturelles; elle est devenue très impérieuse depuis que le ciel l'inspire.

— Je ne te dérange pas?

— Un peu. Mais puisque tu es là reste cinq minutes.

— Tu travailles?

— Oui.

— Tu travailles trop. — Marthe regarde sa sœur d'un air perspicace : — A moins que tu n'aies des soucis. Dimanche tu n'étais pas gaie.

— Mais si.

— Allons allons! Ta petite sœur te connaît bien.

— Tu te trompes.

Laurence n'a aucune envie de se confier à Marthe. Et les mots seraient tout de suite trop gros. Si elle disait : je m'inquiète pour maman, Catherine me pose des problèmes, Jean-Charles est d'une humeur de chien, j'ai une liaison qui me pèse, on pourrait croire qu'il y a dans sa tête une masse épaisse de préoccupations qui l'absorbent tout entière. En réalité, c'est là sans y être, c'est dans la couleur du jour. Elle y pense tout le temps, elle n'y pense jamais.

— Écoute, dit Marthe, il y a une question dont je veux te parler. Je voulais le faire dimanche, mais tu m'intimides.

— Je t'intimide?

— Oui, figure-toi. Et je sais que je vais t'irriter. Mais tant pis. Catherine aura bientôt onze ans : je pense que tu dois l'envoyer au catéchisme et lui faire faire sa première communion.

— Quelle idée! ni Jean-Charles ni moi nous ne sommes croyants.

— Tu l'as tout de même fait baptiser.

— A cause de la mère de Jean-Charles. Mais maintenant qu'elle est morte...

— Tu prends une grave responsabilité en privant ta fille de toute instruction religieuse. Nous vivons dans une civilisation chrétienne. La majorité des enfants font leur première communion. Elle te reprochera plus tard d'avoir décidé pour elle, sans lui laisser la liberté de choisir.

— Ça c'est magnifique! La laisser libre, c'est l'envoyer au catéchisme.

— Oui. Puisque aujourd'hui, en France, c'est l'attitude normale. Tu fais d'elle une exception, une exclue.

— N'insiste pas.

— J'insiste. Je trouve Catherine triste, inquiète. Elle fait de drôles de réflexions. Je n'ai jamais essayé de l'influencer, mais je l'écoute. La mort, le mal, c'est dur pour une enfant de les affronter si on ne croit pas en Dieu. Si elle croyait, ça l'aiderait.

— Quelles réflexions a-t-elle faites?

— Je ne me rappelle plus au juste. — Marthe dévisage sa sœur : — Tu n'as rien remarqué?

— Si, bien sûr. Catherine pose beaucoup de questions. Je ne veux pas y répondre par des mensonges.

— Tu es un peu arrogante de décréter que ce sont des mensonges.

— Pas plus que toi qui décrètes que ce sont des vérités. — Laurence touche le bras de sa sœur : — Ne nous disputons pas. C'est ma fille, je l'élève comme je l'entends. Il te reste toujours la ressource de prier pour elle.

— Je n'y manque pas.

Quel culot a Marthe! C'est vrai qu'il n'est pas facile d'élever laïquement des enfants, dans ce monde envahi par la religion. Catherine n'est pas tentée de ce côté-là. Louise, le pittoresque des cérémonies l'attire. Pour Noël, elle demandera sûrement à aller voir les crèches... Depuis leur premier âge Laurence leur a raconté la Bible et l'Évangile en même temps que les mythologies gréco-latines et la vie de Bouddha. De belles légendes, autour d'événements et d'hommes réels, leur a-t-elle expliqué. Son père l'a aidée dans ses exposés. Et Jean-Charles leur a raconté les commencements de l'univers, des nébuleuses aux étoiles, de la matière à la vie : elles ont trouvé cette histoire merveilleuse. Louise s'est passionnée pour un livre d'astronomie, très simple, avec de belles images. Un long effort concerté, réfléchi, que Marthe s'est épargné en confiant ses fils à des curés, et qu'elle est prête à ruiner d'une chiquenaude, avec une incroyable outrecuidance.

— Tu ne te rappelles vraiment pas quelles réflexions de Catherine t'ont frappée? demande un peu plus tard Laurence en accompagnant sa sœur vers la porte.

— Non. C'est plutôt une sorte d'intuition que j'ai eue, par-delà les mots, dit Marthe d'un air recueilli.

Laurence referme la porte avec agacement. Tout à l'heure, en rentrant du lycée, Catherine semblait gaie. Elle attend Brigitte pour faire avec elle sa version latine. De quoi parleront-elles? De quoi parlent-elles? Quand Laurence l'interroge, Catherine élude. Je ne crois pas qu'elle se méfie de moi : plutôt, il nous manque un langage commun. Je l'ai laissée très libre tout en la traitant en bébé, je n'essayais pas de causer avec elle; alors je pense que les mots l'intimident, du moins en ma présence. Je n'arrive pas à trouver le contact. *Crise entre l'Algérie et la France.* Je voudrais tout de même finir cet article.

— Bonjour, m'dame.

Brigitte tend à Laurence un petit bouquet de pâquerettes.

— Merci; c'est très gentil.

— Vous voyez : j'ai bien recousu mon ourlet.

— Ah, oui. C'est vraiment beaucoup mieux comme ça.

Quand elles se sont retrouvées dans le hall du Musée de l'Homme, l'épingle était encore plantée dans la jupe de Brigitte. Laurence n'a rien dit, mais la petite a surpris son regard et ses oreilles ont rougi.

— Oh! j'ai encore oublié...

— Tâchez d'y penser.

— Je vous promets que je le recouds ce soir.

Laurence leur a fait visiter le Musée; Louise s'ennuyait un peu; les deux autres couraient partout et s'exclamaient. Le soir, Brigitte dit à Catherine :

— Tu en as de la chance d'avoir une maman si gentille!

Pas besoin d'être sorcière pour deviner, derrière ses manières de petite femme, un désarroi d'orpheline.

— Vous allez faire une version latine?

— Oui.

— Et puis vous bavarderez comme deux commères.

Laurence hésite :

— Brigitte, ne racontez pas de choses tristes à Catherine.

Tout le visage s'est empourpré et même le cou.

— Qu'est-ce que j'ai dit qu'il ne fallait pas?

— Rien de spécial. — Laurence sourit de manière rassurante : — Seulement Catherine est encore très petite; elle pleure souvent la nuit; beaucoup de choses lui font peur.

— Ah! bon!

Brigitte a l'air plus désarçonnée que contrite.

78

— Mais si elle me pose des questions, je dirai que vous me défendez de répondre?

C'est Laurence maintenant qui est embarrassée : je me sens en faute de la mettre en faute, alors qu'au fond...

— Quelles questions?

— Je ne sais pas. Sur ce que j'ai vu à la télévision.

Ah! oui; il y a ça aussi : la télévision. Jean-Charles rêve souvent à ce qu'elle pourrait être, mais il déplore ce qu'elle est; il ne prend guère que les Actualités télévisées et « Cinq colonnes à la une » que Laurence regarde aussi, de loin en loin. On y montre parfois des scènes peu supportables; et, pour une enfant, les images sont plus saisissantes que les mots.

— Qu'avez-vous vu à la télévision, ces jours-ci?

— Oh! beaucoup de choses.

— Des choses tristes?

Brigitte regarde Laurence dans les yeux :

— Il y a beaucoup de choses que je trouve tristes. Pas vous?

— Si, bien sûr.

Qu'est-ce qu'ils ont montré ces jours-ci? J'aurais dû regarder. La famine aux Indes? Des massacres au Viêtnam? Des bagarres racistes aux U.S.A.?

— Mais je n'ai pas vu les dernières émissions, reprend Laurence. Qu'est-ce qui vous a frappée?

— Les jeunes filles qui mettent des ronds de carotte sur des filets de hareng, dit Brigitte avec élan.

— Comment ça?

— Eh bien, oui. Elles racontaient que toute la journée elles mettent des ronds de carotte sur des filets de hareng. Elles ne sont pas beaucoup plus vieilles que moi. J'aimerais mieux mourir que de vivre comme ça!

— Ça ne doit pas être tout à fait pareil pour elles.

— Pourquoi?

— On les a élevées autrement.

— Elles n'avaient pas l'air bien contentes, dit Brigitte.

Des métiers stupides, qui disparaîtront bientôt avec l'automation; en attendant, évidemment... Le silence se prolonge.

— Bon. Allez faire votre version. Et merci pour les fleurs, dit Laurence.

Brigitte ne bouge pas.

— Je ne dois pas en parler à Catherine?

— De quoi?

— De ces jeunes filles.

— Mais si, dit Laurence. C'est seulement quand quelque chose vous paraît vraiment horrible qu'il vaut mieux le garder pour vous. J'ai peur que Catherine n'ait des cauchemars.

Brigitte tortille sa ceinture; elle qui est d'ordinaire si simple, si directe, elle a l'air désorientée. « Je m'y suis mal prise », pense Laurence; elle n'est pas contente d'elle; mais comment fallait-il s'y prendre? « Enfin, je me fie à vous. Faites un peu attention, c'est tout », conclut-elle gauchement.

Suis-je devenue insensible ou Brigitte est-elle particulièrement vulnérable? se demande-t-elle, quand la porte s'est refermée. « Toute la journée des ronds de carotte. » Sans doute, les jeunes filles qui font un pareil métier, c'est qu'elles ne sont pas capables d'un travail plus intéressant. Mais ça ne rend pas les choses plus drôles pour elles. Voilà encore de ces « incidences humaines » qui sont regrettables. Ai-je raison, ai-je tort de si peu m'en soucier?

Laurence finit de lire l'article : ce qu'elle commence, elle n'aime pas le laisser inachevé. Et puis elle se plonge dans son travail : un scénario pour une marque de shampooing. Elle fume cigarette sur cigarette : même les choses stupides deviennent intéressantes si on essaie de les faire bien. Le paquet est vide. Il est tard. Une vague rumeur vient du fond de l'appartement. Est-ce que Brigitte est encore là? et Louise, que fait-elle? Laurence traverse le vestibule. Dans sa chambre Louise pleure et il y a des larmes dans la voix de Catherine.

— Ne pleure pas, supplie-t-elle. Je te promets que je n'aime pas mieux Brigitte que toi.

Allons bon! pourquoi faut-il toujours que le plaisir des uns se paie par les larmes des autres!

— Loulou, c'est toi que j'aime le mieux. Brigitte, ça m'intéresse de causer avec elle; mais toi tu es ma petite sœur.

— C'est vrai? c'est vraiment vrai?

Laurence s'éloigne sans bruit. Tendres chagrins d'enfance où les baisers se mêlent aux larmes. Ça n'a pas d'importance que Catherine travaille un peu moins bien; sa sensibilité mûrit; elle apprend des choses qui ne s'enseignent pas en classe : compatir, consoler, recevoir et donner, percevoir sur les visages et dans la voix des nuances qui lui échappaient. Pendant un instant Laurence a chaud au cœur; précieuse chaleur, si rare. Que faire pour que Catherine plus tard ne s'en trouve jamais privée?

CHAPITRE III

Laurence profite de l'absence des enfants pour faire de l'ordre dans leurs chambres. Peut-être Brigitte n'a-t-elle pas parlé de l'émission de télé qui l'avait tant frappée; en tout cas Catherine ne s'en est guère émue. Elle jubilait ce matin en s'installant avec Louise dans la voiture de leur grand-père : il les emmenait en week-end, voir les châteaux de la Loire. C'est Laurence qui — assez sottement somme toute — s'est laissé troubler par cette histoire. L'idée d'un malheur terne et quotidien lui a paru plus difficile à digérer que de grandes catastrophes, tout de même exceptionnelles. Elle a voulu savoir comment les autres s'en arrangeaient.

En déjeunant avec Lucien lundi, elle l'a interrogé. (Désagréables, ces rencontres. Il m'en veut, mais il s'accroche. Dominique, il y a dix ans : " Les hommes, moi je les ai à l'écœurement. " Arriver en retard, se décommander, accorder de moins en moins : ils finissent par se dégoûter. Moi je ne sais pas faire. Il faut qu'un de ces jours je me décide à la rupture saignante.) Il ne s'intéresse guère à ces problèmes, mais il m'a tout de même répondu.

Une fille de seize ans condamnée à un travail imbécile, l'avenir barré, c'est moche, oui; mais au fond la vie, c'est toujours moche, si ce n'est pas pour une raison c'est pour une autre. Moi j'ai un peu d'argent, j'en gagne beaucoup, et à quoi ça m'avance-t-il puisque tu ne m'aimes pas? Qui est heureux? tu en connais des gens heureux? Tu évites les gros emmerdements en te verrouillant le cœur : je n'appelle pas ça du bonheur. Ton mari? peut-être; mais s'il apprenait la vérité, ça ne lui ferait pas plaisir. Toutes les vies se valent, à peu de chose près. Tu le disais toi-même : c'est minable de voir les motifs des gens, leurs pauvres fantasmes, leurs mirages. Ils n'ont rien de solide à se mettre sous la dent, rien à quoi ils tiennent vraiment; ils ne consommeraient pas tant de tranquillisants, de décontrariants s'ils étaient contents. Il y a le malheur des pauvres. Il y a aussi celui des riches : tu devrais lire Fitzgerald, il en parle drôlement bien. Oui, pense Laurence, il y a du vrai là-dedans. Jean-Charles est souvent gai, mais pas vraiment heureux : trop facilement, trop vivement contrarié pour une chose ou une autre. Maman, avec son bel appartement, ses toilettes, sa maison de campagne, quel enfer l'attend! Et moi? Je ne sais pas. Il me manque quelque chose que les autres ont... A moins... A moins qu'ils ne l'aient pas non plus. Peut-être quand Gisèle Dufrène soupire : " C'est merveilleux ", quand Marthe étale un lumineux sourire sur sa grosse bouche ils ne sentent rien de plus que moi. Seul papa...

Laurence l'a eu tout à elle, mercredi dernier, une fois les petites couchées : Jean-Charles dînait dehors avec de jeunes architectes. (« Plus de verticale, plus d'horizontale, l'architecture sera oblique ou elle ne sera pas. » Il trouvait ça un peu bouffon, mais tout de même ils ont des points de vue intéressants, lui a-t-il raconté en rentrant.) Une fois de plus elle essaie de remettre de l'ordre dans ce qu'il lui a répondu, à bâtons rompus. Socialistes ou capitalistes, dans tous les pays l'homme est écrasé par la technique, aliéné à son travail, enchaîné, abêti. Tout le mal vient de ce qu'il a multiplié ses besoins alors qu'il aurait dû les contenir; au lieu de viser une abondance qui n'existe pas et n'existera peut-être jamais, il lui aurait fallu se contenter d'un minimum vital, comme le font encore certaines communautés très pauvres — en Sardaigne, en Grèce, par exemple — où les techniques n'ont pas pénétré, que l'argent n'a pas corrompues. Là les gens connaissent un austère bonheur parce que certaines valeurs sont préservées, des valeurs vraiment humaines, de dignité, de fraternité, de générosité, qui donnent à la vie un goût unique. Tant qu'on continuera à créer de nouveaux besoins, on multipliera les frustrations. Quand est-ce que la déchéance a commencé? Le jour où on a préféré la science à la sagesse, l'utilité à la beauté. Avec la Renaissance, le rationalisme, le capitalisme, le scientisme. Soit. Mais maintenant qu'on en est arrivé là, que faire? Essayer de ressusciter en soi, autour de soi, la sagesse et le goût de la beauté. Seule une révolution morale, et non pas sociale ni politique ni technique, ramènerait l'homme à sa vérité perdue. Du moins peut-on opérer pour son compte cette conversion : alors on accède à la joie, malgré ce monde d'absurdité et de désordre qui nous cerne.

Au fond, ce que disent Lucien et papa ça se recoupe. Tout le monde est malheureux; tout le monde peut trouver le bonheur : équivalences. Puis-je expliquer à Catherine : les gens ne sont pas si malheureux que ça puisqu'ils tiennent à la vie? Laurence hésite. Ça revient à dire que les gens malheureux ne le sont pas. Est-ce vrai? La voix de Dominique hachée de sanglots et de cris; elle a horreur de sa vie, mais elle ne veut pas du tout mourir : c'est le malheur. Et aussi il y a ce creux, ce vide, qui glace le sang, qui est pire que la mort bien qu'on le préfère à la mort tant qu'on ne se tue pas : j'ai connu ça il y a cinq ans et j'en garde une épouvante. Et le fait est que des gens se tuent — il a demandé des bananes et une serviette — parce qu'il existe justement quelque chose de pire que la mort. C'est ce qui fait froid aux os quand on lit le récit d'un suicide : non le frêle cadavre accroché aux barreaux de la fenêtre, mais ce qui s'est passé dans ce cœur, juste avant.

Non, à y bien réfléchir, se dit Laurence, ce que m'a répondu papa ne vaut que pour lui; il a toujours tout supporté avec stoïcisme, ses coliques néphrétiques et son opération, ses quatre années de stalag, le départ de maman, bien qu'il en ait éprouvé tant de tristesse. Et lui seul est capable de trouver la joie dans cette vie si retirée, si austère, qu'il s'est choisie. Je voudrais connaître son secret. Peut-être si je le voyais plus souvent, plus longtemps...

« Tu es prête?... » demande Jean-Charles. Ils descendent dans le garage; Jean-Charles ouvre la portière : « Laisse-moi conduire, dit Laurence. Tu es trop nerveux. »

Il sourit avec bonne humeur : « Comme tu

voudras. » Et il s'assied dans la voiture à côté d'elle. Ses explications avec Vergne ont dû être désagréables; il n'en parlait pas, mais il avait l'air morose, il conduisait dangereusement, trop vite, avec des coups de frein brutaux et des colères. Pour un peu avant-hier les journaux auraient eu à mentionner un nouveau cassage de gueule entre automobilistes.

L'autre jour, à Publinf, Lucien a brillamment expliqué la psychologie de l'homme au volant : frustration, compensation, puissance et isolement. (Lui-même il conduit très bien, mais follement vite.) Mona l'a interrompu :

— Moi je vais vous dire pourquoi tous ces messieurs bien polis deviennent des brutes quand ils sont au volant.

— Pourquoi?

— Parce que ce sont des brutes.

Lucien a haussé les épaules. Que voulait-elle dire au juste?

— Lundi, en rentrant, je signe avec Monnod, dit Jean-Charles d'une voix gaie.

— Tu es content?

— Drôlement. Je vais passer le dimanche à dormir et à jouer au badminton. Et lundi je repars du bon pied.

La voiture sort du tunnel, Laurence accélère; les yeux fixés sur le rétroviseur. Doubler, se rabattre, doubler, doubler, se rabattre. Samedi soir : Paris achève de se vider. Elle aime conduire et Jean-Charles n'a pas le défaut de tant de maris : quoi qu'il pense il ne se permet jamais une observation. Elle sourit. Il n'a pas beaucoup de défauts, somme toute, et quand ils roulent, côte à côte, elle a toujours l'illusion — bien qu'elle ne donne pas dans ces panneaux — qu'ils sont « faits l'un pour l'autre ». Elle pense avec décision : « Cette semaine je parle à Lucien. » Il lui a redit hier avec reproche : « Tu n'aimes personne! » Est-ce vrai? Mais non. Je l'aime bien. Je vais rompre avec lui, mais je l'aime bien. J'aime bien tout le monde. Sauf Gilbert.

Elle quitte l'autostrade, elle s'engage sur une petite route solitaire. Gilbert sera à Feuverolles. Dominique a téléphoné d'une voix triomphante : « Gilbert sera là. » Pourquoi vient-il? Peut-être joue-t-il la carte de l'amitié : il n'en sera pas plus avancé le jour où la vérité éclatera. Ou vient-il justement pour tout dire? Les mains de Laurence mouillent le volant. Dominique n'a tenu le coup depuis un mois que parce qu'elle conserve de l'espoir.

— Je me demande pourquoi Gilbert a accepté de venir.

— Il a peut-être renoncé à ses projets de mariage.

— J'en doute.

Il fait froid et gris, les fleurs sont mortes; mais les fenêtres brillent dans la nuit, un grand feu de bois flambe dans la salle de séjour; peu de monde, mais de premier choix : les Dufrène, Gilbert, Thirion et sa femme; Laurence l'a connu toute petite, c'était un collègue de son père; il est devenu l'avocat le plus célèbre de France. Du coup Marthe et Hubert n'ont pas été invités. Ils présentent mal. Sourires, poignées de main; Gilbert baise celle que Laurence lui a refusée, voici un mois; son regard est lourd de sous-entendus quand il demande :

— Voulez-vous boire quelque chose?

— Tout à l'heure, dit Dominique. — Elle saisit

87

Laurence par l'épaule : — Monte d'abord te recoiffer, tu es toute dépeignée. Dans la chambre elle sourit : — Tu n'es pas dépeignée du tout. Je voulais te parler.

— Qu'est-ce qui ne va pas?

— Quel pessimisme!

Les yeux de Dominique brillent. Elle est un peu trop élégante avec sa blouse belle époque et sa jupe longue (qui imite-t-elle?). Elle dit d'une voix excitée :

— Figure-toi que j'ai découvert le pot aux roses.

— Ah oui?

Comment Dominique a-t-elle cet air mutin, si elle sait?

— Tiens-toi bien, tu vas être surprise. — Elle prend un temps : — Gilbert est retourné à ses anciennes amours : Lucile de Saint-Chamont.

— Qu'est-ce qui te fait croire ça?

— Ah! on m'a renseignée. Il est tout le temps fourré chez elle. Il passe ses week-ends au Manoir. C'est drôle, non? Après tout ce qu'il m'a dit sur elle! Je me demande comment elle s'y est prise. Elle est plus forte que je ne pensais.

Laurence se tait. Elle déteste cette supériorité injuste de quelqu'un qui sait sur quelqu'un qui ne sait pas. Lui ouvrir les yeux? Pas aujourd'hui, avec tous ces invités dans la maison.

— Ce n'est peut-être pas Lucile, mais une de ses amies.

— Allons donc! elle n'encouragerait pas une idylle de Gilbert avec une autre femme. Je comprends pourquoi il m'a caché son nom : il avait peur que je lui rie au nez. Je m'explique mal cette lubie;

nais en tout cas elle ne peut pas durer. Si Gilbert
'a lâchée dès qu'il m'a connue, c'est qu'il avait ses
aisons, et qui demeurent. Il me reviendra.

Laurence ne dit rien. Le silence se prolonge.
Dominique devrait s'en étonner; mais non : elle
a tellement l'habitude de faire les demandes et les
éponses... Elle reprend d'une voix rêveuse :

— Ça vaudrait le coup d'envoyer à Lucile une
ettre lui décrivant en détail son anatomie et ses
goûts.

Laurence sursaute :

— Tu ne ferais pas ça!

— Ça serait drôle. La tête de Lucile! La tête de
Gilbert! Non. Il m'en voudrait à mort. Ma tactique
au contraire, c'est d'être très gentille. Regagner du
terrain. Je compte beaucoup sur notre voyage au
Liban.

— Tu crois que ce voyage se fera?

— Comment? Bien sûr! — La voix de Dominique
se monte : — Il m'a promis depuis des mois ce
Noël à Balbeck. Tout le monde est au courant.
Il ne peut pas se défiler maintenant.

— Mais l'autre s'y opposera.

— Je lui mettrai le marché en main : s'il ne vient
pas au Liban avec moi, je ne le revois plus.

— Il ne cédera pas à un chantage.

— Il n'a pas envie de me perdre. Cette histoire
avec Lucile n'est pas sérieuse.

— Alors, pourquoi t'en a-t-il parlé?

— Un peu par sadisme. Et puis il avait besoin
de son temps; de ses week-ends surtout. Mais tu
vois : je n'ai eu qu'à insister un peu, et il est venu.

— Alors, mets-lui le marché en main, dit Laurence.

89

C'est peut-être une solution. Dominique aura la satisfaction de penser que c'est elle qui rompt. Plus tard, quand elle apprendra la vérité, le plus dur sera passé.

Le living-room est plein de rires et d'éclats de voix, ils boivent du vin, du bourbon, des Martini. Jean-Charles tend à Laurence un verre de jus d'ananas :

— Rien de fâcheux?

— Non. Rien de bon non plus. Regarde-la.

Dominique a posé la main sur le bras de Gilbert dans un geste de possession.

— Quand je pense que tu n'étais pas venu depuis trois semaines! Tu travailles trop. Il faut aussi savoir se détendre.

— Je sais très bien, dit-il d'une voix neutre.

— Mais non. Il n'y a que la campagne qui repose vraiment.

Elle lui sourit avec une coquetterie un peu espiègle, nouvelle chez elle et qui ne lui va pas du tout. Elle parle très fort.

— Ou les voyages, ajoute-t-elle. — La main toujours agrippée au bras de Gilbert, elle dit à Thirion : — Nous allons passer Noël au Liban.

— Une excellente idée. C'est superbe, paraît-il.

— Oui. Et je suis curieuse de voir Noël dans un pays chaud. On imagine toujours Noël sous la neige...

Gilbert ne répond rien. Dominique est si tendue qu'un mot suffirait à la faire exploser. Il doit le sentir.

— Notre ami Luzarches a eu une idée charmante, dit Mme Thirion de sa voix chantante de blonde. Un réveillon surprise en avion. Il embarque vingt-cinq invités : et nous ne savons pas si nous atterrirons à Londres, à Rome, à Amsterdam ou ailleurs. Et naturellement il aura retenu des tables dans le plus joli restaurant de la ville.

— Amusant, dit Dominique.

— En général, les gens ont si peu d'imagination quand il s'agit de s'amuser, dit Gilbert.

Encore un de ces mots dont le sens s'est perdu pour Laurence. Parfois un film l'intéresse ou la fait rire : mais s'amuser... Est-ce que Gilbert s'amuse? Prendre un avion sans savoir où on va, est-ce amusant? Ce soupçon qui lui est venu l'autre jour... il était peut-être fondé.

Elle va s'asseoir avec Jean-Charles et les Dufrène au coin de la cheminée.

— Dommage que dans les immeubles modernes on ne puisse s'offrir le luxe d'une cheminée, dit Jean-Charles.

Il regarde les flammes dont la lumière danse sur son visage. Il a ôté son blouson de daim, ouvert le col de sa chemise américaine; il semble plus jeune, plus détendu que d'habitude. (Dufrène aussi d'ailleurs, dans son costume de velours côtelé; est-ce seulement une question de vêtements?)

— J'ai oublié de te raconter une anecdote qui ravira ton père, dit Jean-Charles. Goldwater aime tant les feux de bois que l'été il glace sa maison à l'air conditionné et il allume de grandes flambées.

Laurence rit :

— Oui, papa aimera ça...

Sur un guéridon à côté d'elle, il y a des revues — *Réalité*, *L'Express*, *Candide*, *Votre Jardin* — et quelques livres : le Goncourt, le Renaudot. Des disques sont éparpillés sur le divan, bien que Dominique n'écoute jamais de musique. Laurence de nouveau tourne les yeux vers elle : souriante, désinvolte, elle parle en faisant beaucoup de gestes avec les mains.

— Eh bien! moi, j'aime mieux dîner chez *Maxim's*. Au moins je suis sûre que le chef n'a pas craché dans les plats et je n'ai pas les genoux collés à ceux du monsieur de la table à côté. Je sais, en ce moment il y a un snobisme des petits bistrots, mais ça revient aussi cher, ça sent le graillon, et on ne peut pas remuer le petit doigt sans se cogner à quelqu'un.

— Vous ne connaissez pas *Chez Gertrude?*

— Mais si. Pour le prix je préfère *La Tour d'Argent*.

Elle a l'air tout à fait à son aise. Pourquoi Gilbert est-il venu? Laurence entend le rire de Jean-Charles, celui des Dufrène.

— Non, mais sérieusement, vous vous rendez compte : entre les entrepreneurs, les promoteurs, les gestionnaires, les ingénieurs, qu'est-ce que nous devenons, nous les pauvres architectes? dit Jean-Charles.

— Ah! les promoteurs! soupire Dufrène.

Jean-Charles tisonne le feu, ses yeux brillent. Y a-t-il eu des feux de bois dans son enfance? En tout cas il y a un air d'enfance sur son visage et Laurence sent fondre quelque chose en elle; la tendresse : si elle pouvait l'avoir retrouvée, pour toujours... La voix de Dominique l'arrache à sa rêverie.

— Moi aussi je pensais que ça ne serait pas drôle; et ça a mal débuté; le service d'ordre clochait, nous avons piétiné une heure avant d'entrer; mais tout de même ça valait le coup; il y avait là tous les gens qui comptent à Paris. Le champagne était convenable. Et je dois dire que j'ai trouvé Mme de Gaulle beaucoup mieux que je ne m'y attendais, pas d'allure, non, évidemment ce n'est pas Linette Verdelet, mais elle a une grande dignité.

— On m'a dit que seules la finance et la politique ont eu droit à de la nourriture; les arts et les lettres, on leur a seulement offert à boire, c'est vrai? demande Gilbert d'une voix nonchalante.

— On ne venait pas là pour manger, dit Dominique avec un petit rire crispé.

Quel salaud ce Gilbert, il a posé la question à maman exprès pour lui être désagréable! Dufrène se tourne vers lui :

— Est-il vrai qu'on pense à utiliser des machines I.B.M. pour peindre des tableaux abstraits?

— On pourrait. Seulement je ne suppose pas que ce serait rentable, dit Gilbert avec un sourire rond.

— Comment! une machine pourrait peindre! s'exclame Mme Thirion.

— De l'abstrait : pourquoi pas? dit Thirion d'un ton ironique.

— Savez-vous qu'il y en a qui fabriquent du Mozart et du Bach? dit Dufrène. Mais oui : le seul défaut, c'est que leurs œuvres n'en ont aucun, alors que chez les musiciens de chair et d'os, il s'en trouve toujours.

Tiens! j'ai lu ça récemment, dans un hebdo. Depuis qu'elle regarde les journaux Laurence a remarqué que souvent dans les conversations les gens récitaient des articles. Pourquoi pas? Il faut bien qu'ils puisent leurs informations quelque part.

— Bientôt, les machines remplaceront nos ateliers et nous nous retrouverons sur le sable, dit Jean-Charles.

— C'est très certain, dit Gilbert. Nous entrons dans une ère nouvelle où les hommes deviendront inutiles.

— Pas nous! dit Thirion. Il y aura toujours des avocats parce que jamais une machine ne sera capable d'éloquence.

— Mais les gens ne seront peut-être plus sensibles à l'éloquence, dit Jean-Charles.

— Allons donc! l'homme est un animal parlant et se laissera toujours séduire par la parole. Les machines ne changeront pas la nature humaine.

— Justement si!

Jean-Charles et Dufrène sont d'accord (ils ont les mêmes lectures), l'idée d'homme est à réviser, et sans doute va-t-elle disparaître, c'est une invention du xixe siècle, aujourd'hui périmée. Dans tous les domaines — littérature, musique, peinture, architecture — l'art répudie l'humanisme des générations précédentes. Gilbert se tait, l'air indulgent, les autres s'arrachent la parole. Avouez qu'il y a des livres qu'on ne peut plus écrire, des films qu'on ne peut plus voir, des musiques qu'on ne peut plus entendre, mais les chefs-d'œuvre, ça ne date jamais, qu'est-ce qu'un chef-d'œuvre? Il faudrait éliminer les critères subjectifs, c'est impossible, pardon c'est l'effort de toute la critique moderne, et les critères des Goncourt et des Renaudot, je voudrais les connaître, les prix sont encore plus mauvais que l'année dernière, ah! vous savez tout ça c'est des combines d'éditeurs, je sais de source certaine que certains membres des jurys sont achetés, c'est honteux, pour les peintres c'est encore plus scandaleux, on fait de n'importe quel barbouilleur un génie à coup de publicité, si tout le monde le prend pour un génie, c'est un génie, quel paradoxe, mais non il n'y a pas d'autre critère, de critère objectif.

— Oh! tout de même! ce qui est beau est beau! dit Mme Thirion avec tant d'éclat qu'un instant tous se taisent. Puis ils repartent...

Comme d'ordinaire, Laurence s'embrouille dans ses pensées; elle est presque toujours d'un autre avis que celui qui parle, mais comme ils ne s'accordent pas entre eux, à force de les contredire elle se contredit elle-même. Bien que Mme Thirion soit une idiote patentée, je suis tentée de dire comme elle : ce qui est beau est beau; ce qui est vrai est vrai. Mais que vaut cette opinion même? D'où me vient-elle? De papa, du lycée, de Mlle Houchet. A dix-huit ans, j'avais des convictions. Quelque chose lui en reste, pas grand-chose, plutôt une nostalgie. Elle doute de ses jugements : c'est tellement une question d'humeur et de circonstances. Je suis à peine capable, quand je sors d'un cinéma, de dire si j'ai aimé le film ou non.

— Je pourrais vous parler deux minutes?

Laurence dévisage froidement Gilbert.

— Je n'en ai aucune envie.

— J'insiste.

Laurence le suit dans la pièce voisine, par curiosité, par inquiétude.

Ils s'asseyent; elle attend.

— Je voulais vous prévenir que je vais casser le morceau à Dominique. Bien entendu, ce voyage, il n'en est pas question. Et puis Patricia est très compréhensive, très humaine : mais elle estime qu'elle a assez attendu. Nous voulons nous marier à la fin de mai.

La décision de Gilbert est irrévocable. Le seul

remède, ce serait de le tuer : Dominique souffrirait beaucoup moins. Elle murmure :

— Pourquoi êtes-vous venu? Vous lui donnez de faux espoirs.

— Je suis venu parce que, pour plusieurs raisons, je ne souhaite pas me faire de Dominique une ennemie; et elle a mis en jeu notre amitié. Si grâce à quelques concessions je peux réussir cette rupture en douceur, c'est bien préférable, et d'abord pour elle, ne pensez-vous pas?

— Vous ne pourrez pas.

— Oui, je crois, reprend-il d'une autre voix. Je suis venu aussi pour me rendre compte de ses dispositions d'esprit. Elle s'entête à croire en une simple passade. Je dois lui ouvrir les yeux.

— Pas maintenant!

— Je rentre à Paris ce soir... — Le visage de Gilbert s'illumine : — Écoutez donc; je suis en train de me demander si, dans l'intérêt de Dominique, il ne serait pas bon que vous la prépariez.

— Ah! voilà la vraie raison de votre présence : vous vouliez me charger de cette sale besogne.

— J'avoue que j'ai horreur des scènes.

— Parce que vous manquez d'imagination : les scènes, ce n'est pas le pire. — Laurence réfléchit : — Faites une chose : refusez le voyage, sans parler de Patricia. Dominique sera si fâchée qu'elle rompra d'elle-même.

Gilbert dit d'un ton coupant :

— Vous savez bien que non.

Il a raison. Laurence a voulu croire un instant aux paroles de Dominique : « Je lui mettrai le marché en main », mais après des reproches et des cris elle continuera à patienter, à exiger, à espérer.

— Ce que vous allez faire est atroce.

— Votre hostilité me peine, dit Gilbert d'un air affligé. Personne n'est maître de son cœur. Je n'aime plus Dominique; j'aime Patricia : où est mon crime?

Le verbe aimer dans sa bouche a quelque chose d'obscène. Laurence se lève.

— Je lui parlerai dans la semaine, dit Gilbert. Et je vous engage à aller la voir aussitôt après notre explication.

Laurence le regarde avec haine :

— Pour l'empêcher de se descendre en laissant un mot où elle dirait pourquoi? Ça ferait mauvais effet, du sang sur la robe blanche de Patricia...

Elle s'éloigne. Des langoustes grincent dans ses oreilles; un affreux bruit de souffrance inhumaine. Elle marche vers le buffet et se verse une coupe de champagne. Ils remplissent leurs assiettes tout en poursuivant une conversation commencée.

— Cette gosse, elle ne manque pas de talent, dit Mme Thirion, mais il faudrait lui apprendre à s'habiller, elle serait capable de porter un corsage à pois avec une jupe rayée.

— Remarquez, ça peut se faire, dit Gisèle Dufrène.

— Si on est un couturier de génie, on peut tout faire, dit Dominique.

Elle s'approche de Laurence :

— Que t'a dit Gilbert?

— Oh! il voulait me recommander la nièce d'un de ses amis que la publicité intéresserait.

— C'est vrai?

— Tu n'imagines pas que Gilbert me parlerait à moi de ses rapports avec toi?

— Avec lui, tout est possible. Tu ne manges rien?

Laurence a l'appétit coupé. Elle se jette dans un fauteuil et prend une revue. Elle se sent incapable de soutenir une conversation. Il parlera dans la semaine. Qui pourra m'aider à calmer Dominique? Laurence s'est rendu compte pendant ce mois de la solitude de sa mère. Une masse de relations : pas une amie. Personne qui soit capable de l'écouter ou simplement de la distraire. Ce fragile édifice si menacé, notre vie, à porter seuls. Est-ce ainsi pour tout le monde? Tout de même, moi j'ai papa. Et d'ailleurs jamais Jean-Charles ne me rendra malheureuse. Elle lève les yeux vers lui. Il parle, il rit, on rit autour de lui, il plaît dès qu'il veut s'en donner la peine. De nouveau une bouffée de tendresse monte au cœur de Laurence. Après tout, c'est normal qu'il ait été nerveux, les jours derniers. Il sait ce qu'il doit à Vergne; et il ne peut tout de même pas lui sacrifier toutes ses ambitions. C'est ce conflit qui le mettait mal à l'aise. Il a le goût de la réussite et Laurence le comprend. Le travail serait terriblement ennuyeux si on ne se piquait pas au jeu.

— Ma chère Dominique, je regrette, mais je vais être obligé de partir, dit Gilbert d'un ton cérémonieux.

— Déjà?

— Je suis venu tôt parce que je devais m'en aller de bonne heure, dit Gilbert.

Il fait à la ronde des adieux rapides. Dominique sort de la maison avec lui. Jean-Charles fait signe à Laurence :

— Viens donc. Thirion nous raconte des histoires passionnantes, sur ses procès.

Ils sont tous assis, sauf Thirion qui marche de long en large en agitant les manches d'une robe imaginaire.

— Qu'est-ce que je pense de mes consœurs, petite madame? dit-il à Gisèle. Le plus grand bien; beaucoup sont des femmes charmantes et beaucoup ont du talent (en général ce ne sont pas les mêmes). Mais une chose est sûre : jamais aucune ne sera capable de plaider aux Assises. Elles n'ont pas le coffre, ni l'autorité, ni — je vais vous étonner — le sens théâtral nécessaire.

— On a vu des femmes réussir dans des métiers qui a priori leur paraissaient interdits, dit Jean-Charles.

— La plus maligne, la plus éloquente, je vous jure que devant un jury je n'en ferais qu'une bouchée, dit Thirion.

— Vous aurez peut-être des surprises, dit Jean-Charles. Moi, je crois que l'avenir est aux femmes.

— Peut-être, mais à condition qu'elles ne singent pas les hommes, dit Thirion.

— Faire un métier d'homme, ce n'est pas singer l'homme.

— Voyons, Jean-Charles, dit Gisèle Dufrène, vous qui êtes toujours tellement dans le vent, ne me dites pas que vous êtes féministe. Le féminisme aujourd'hui, c'est dépassé.

Le féminisme : ces temps-ci on en parle tout le temps. Aussitôt Laurence s'absente. C'est comme la psychanalyse, le Marché commun, la force de frappe, elle ne sait pas qu'en penser, elle n'en pense rien. Je suis allergique. Elle regarde sa mère qui rentre dans la pièce avec un sourire contraint sur les lèvres. Demain, dans deux jours, cette semaine,

99

Gilbert va tout lui dire. La voix a retenti, elle retentira dans le coin relaxe-silence : « Salaud! le salaud! » Laurence revoit les fleurs qui ressemblaient à de méchants oiseaux. Quand elle revient à elle, Mme Thirion parle avec véhémence :

— La dénigration systématique, je trouve ça écœurant. C'est quand même une jolie idée : au dîner du 25 janvier, au bénéfice de l'enfance affamée, on nous servira pour vingt mille francs le menu des petits Indiens : un bol de riz et un verre d'eau. Eh bien! la presse de gauche ricane. Que dirait-on si nous mangions du caviar et du foie gras!

— On peut toujours tout critiquer, dit Dominique. Il n'y a qu'à laisser courir.

Elle a l'air absente, elle répond distraitement à Mme Thirion tandis que les quatre autres s'installent autour d'une table de bridge; Laurence ouvre *L'Express* : débitée en minces rubriques, l'actualité s'avale comme une tasse de lait; aucune aspérité, rien n'accroche, rien n'écorche. Elle a sommeil, elle se lève avec empressement quand Thirion quitte la table de bridge en déclarant :

— Demain j'ai une journée chargée. Nous allons être obligés de partir.

— Moi je monte me coucher, dit-elle.

— On doit merveilleusement dormir ici, dit Mme Thirion. Je suppose qu'on n'a pas besoin de somnifères. A Paris, on ne peut pas s'en passer.

— Moi j'ai coupé les somnifères depuis que je prends chaque jour un harmonisateur, dit Gisèle Dufrène.

— J'ai essayé un de leurs disques berceurs, mais ça ne m'a pas du tout bercé, dit Jean-Charles gaiement.

— On m'a parlé d'un appareil étonnant, dit Thirion; on le branche électriquement; il produit des signaux lumineux, monotones et fascinants qui vous endorment et ça se débranche de soi-même. Je vais en commander un.

— Ah! moi ce soir, je n'ai besoin de rien de tout ça, dit Laurence.

Vraiment ravissantes ces chambres : tendues de toile de Jouy, avec des lits campagnards, des couvertures en *patchwork*, et sur un lavabo une cuvette et un broc en faïence. Dans le mur, une porte presque invisible donne sur une salle de bains. Elle se penche à la fenêtre et respire une froide odeur de terre. Dans un instant Jean-Charles sera là : elle ne veut plus penser qu'à lui, à son profil éclairé par la lueur dansante des flammes. Et soudain il est là, il la prend dans ses bras, et la tendresse devient dans les veines de Laurence une coulée brûlante, elle chavire de désir tandis que leurs lèvres se joignent.

— Eh bien! ma pauvre petite fille! tu n'as pas eu trop peur?

— Non, dit Laurence. J'étais si contente de ne pas avoir écrasé le cycliste.

Elle appuie sa tête contre le dossier du confortable fauteuil de cuir. Elle n'est plus si contente, sans trop savoir pourquoi.

— Tu veux une tasse de thé?

— Oh! ne te dérange pas.

— J'en ai pour cinq minutes.

Badminton, télévision : la nuit était tombée quand nous sommes partis; je ne roulais pas vite.

Je sentais la présence de Jean-Charles, à côté de moi, je me rappelais notre nuit, tout en fouillant la route du regard. Soudain, d'un sentier sur ma droite, un cycliste roux a jailli dans la lumière des phares. J'ai donné un brusque coup de volant, la voiture a tangué, elle s'est renversée dans le fossé.

— Tu n'as rien?

— Rien, a dit Jean-Charles. Et toi?

— Rien.

Il a coupé le contact. La portière s'est ouverte :

— Vous êtes blessés?

— Non.

Une bande de cyclistes — des garçons, des filles — entouraient la voiture qui s'était immobilisée, la tête en bas, et dont les roues continuaient à tourner; j'ai crié au rouquin : « Espèce d'imbécile! » mais quel soulagement! J'avais cru que je lui passais sur le corps. Je me suis jetée dans les bras de Jean-Charles : « Mon chéri! on a eu drôlement de la chance. Pas une égratignure! »

Il ne souriait pas :

— La voiture est en miettes.

— Pour ça oui. Mais ça vaut mieux que si c'était toi ou moi.

Des automobilistes se sont arrêtés; un des garçons a expliqué :

— Cet idiot, il ne regardait rien, il s'est jeté sous l'auto; alors la petite dame a braqué à gauche.

Le rouquin balbutiait des excuses, les autres me remerciaient...

— Il vous doit une fière chandelle!

Sur ce bord de route mouillée, à côté de la voiture massacrée, une gaieté montait en moi, grisante comme du champagne. J'aimais ce cycliste imbécile parce que je ne l'avais pas tué, et ses camarades qui me souriaient, et ces inconnus qui proposaient de nous ramener à Paris. Et soudain la tête m'a tourné et j'ai perdu connaissance.

Elle était revenue à elle au fond d'une DS. Mais elle se rappelle mal ce retour : elle avait tout de même subi un choc. Jean-Charles disait qu'il faudrait acheter une autre voiture et qu'on ne tirerait pas deux cent mille francs de l'épave; il était mécontent, ça se comprend; ce que Laurence admettait moins c'est qu'il parût lui en vouloir. Ce n'est tout de même pas de ma faute, je suis plutôt fière de nous avoir couchés si doucement dans le fossé; mais finalement tous les maris sont convaincus qu'au volant ils se débrouillent mieux que leur femme. Oui, je me souviens, il était de si mauvaise foi qu'avant de nous coucher lorsque j'ai dit : « Personne ne s'en serait sorti sans bousiller la voiture », il a répondu : « Je ne trouve vraiment pas ça malin; nous n'avons qu'une assurance tierce-collision. »

— Tu n'aurais tout de même pas voulu que je tue le type?

— Tu ne l'aurais pas tué. Tu lui aurais cassé une jambe...

— J'aurais très bien pu le tuer.

— Eh bien, il ne l'aurait pas volé. Tout le monde aurait témoigné en ta faveur.

Il a dit ça sans en penser un mot, pour m'être désagréable, parce qu'il est convaincu que j'aurais pu m'en tirer à moins de frais. Et c'est faux.

— Voilà le thé, mélange spécial, dit son père en posant le plateau sur une table encombrée de journaux. Tu sais ce que je me demande, dit-il :

avec les petites dans la voiture, aurais-tu eu le même réflexe?

— Je ne sais pas, dit Laurence. — Elle hésite. Jean-Charles, c'est un autre moi-même, pense-t-elle. Nous sommes solidaires. J'ai agi comme si j'avais été seule. Mais faire courir un danger à mes filles pour épargner un inconnu, quelle absurdité! Et Jean-Charles? C'est lui qui était assis à la place du mort. Après tout, il a quelque raison de s'être fâché.

Son père reprend :

— Hier, avec les enfants, j'aurais fauché un pensionnat plutôt que de prendre le moindre risque.

— Ce qu'elles étaient contentes! dit Laurence. Tu les a traitées comme des reines.

— Ah! je les ai emmenées dans une de ces petites auberges où on mange encore de la vraie crème, du poulet nourri avec du bon grain, de vrais œufs. Tu sais qu'aux U.S.A. on nourrit les poules avec des algues et qu'il faut injecter dans les œufs un produit chimique pour leur donner un goût d'œuf?

— Ça ne m'étonne pas. Dominique m'avait apporté de New York du chocolat chimiquement parfumé au chocolat.

Ils rient ensemble. Dire que moi je n'ai jamais passé un week-end avec lui! Il sert le thé dans des tasses dépareillées. Une ampoule, montée sur une vieille lampe à pétrole, éclaire la table où est ouvert un volume de la Pléiade : il a la collection complète. Il n'a pas besoin de se torturer l'imagination pour s'amuser.

— Louise est drôlement maligne, dit-il. Mais c'est Catherine qui te ressemble le plus. A son âge, tu avais cette gravité.

— Oui je lui ai ressemblé, dit Laurence. (Me ressemblera-t-elle?)

— Je trouve que son imagination s'est beaucoup développée.

— Tu te rends compte! Marthe qui m'exhorte à lui faire faire sa première communion.

— Elle rêve de nous convertir tous. Elle ne prêche pas : elle s'offre en exemple. L'air de dire : voyez comme la foi transfigure une femme et à quelle beauté intérieure elle atteint. Mais la pauvre, extérioriser la beauté intérieure, ce n'est pas facile.

— Tu es méchant!

— Oh! c'est une brave fille. Ta mère et toi vous faites de brillantes carrières; mère de famille, c'est bien terne : alors elle mise sur la sainteté.

— Et avoir Hubert pour seul témoin de sa vie, c'est évidemment insuffisant.

— Qui y avait-il à Feuverolles?

— Gilbert Mortier, les Dufrène, Thirion et sa femme.

— Elle reçoit cette crapule! Tu te rappelles quand il venait à la maison; toujours à pérorer, et aucun fond. Sans me vanter je partais mieux que lui. Toute sa carrière s'est faite à coup de sales combines et de publicité. Et c'est ça que Dominique voulait que je devienne!

— Tu ne pouvais pas.

— J'aurais pu si j'avais fait les dégueulasseries qu'il a faites.

— C'est ce que je veux dire.

L'incompréhension de Dominique. " Il a choisi la médiocrité. " Non. Une vie sans compromission, avec du temps pour réfléchir et se cultiver, au lieu de l'existence trépidante qu'on mène dans le milieu de maman; que je mène aussi.

— Ta mère prospère toujours?

Laurence hésite :

— Ça ne marche plus bien avec Gilbert Mortier. Je crois qu'il va la quitter.

— Elle doit tomber des nues! Elle est plus intelligente que Miss Monde et plus agréable à regarder que n'était Mme Roosevelt : alors elle se croit supérieure à toutes les femmes.

— Pour l'instant elle est malheureuse. Laurence comprend la dureté de son père mais Dominique lui fait pitié : — Tu sais, j'ai réfléchi à ce que tu m'as dit, sur le malheur. Tout de même, ça existe. Toi, tu domines toutes les situations; mais ce n'est pas à la portée de tout le monde.

— Ce que je peux, tout le monde le peut. Je ne suis pas une exception.

— Moi je trouve que si, dit tendrement Laurence. Par exemple, la solitude, il n'y a pas beaucoup de gens capables de s'en accommoder.

— Parce qu'ils n'essaient pas sincèrement. Mes plus grandes joies me sont venues dans la solitude.

— Tu es vraiment content de ta vie?

— Je n'ai jamais rien fait que j'aie à me reprocher.

— Tu as de la chance.

— Tu n'es pas contente de la tienne?

— Oh si! mais je me reproche des choses; je m'occupe trop peu de mes filles; je te vois trop peu.

— Tu as ta maison et ton métier.

— Oui; mais tout de même...

Sans Lucien, j'aurais plus de temps à moi, se dit-elle; je verrais papa davantage, et je pourrais comme lui, lire, réfléchir. Ma vie est trop encombrée.

— Tu vois, maintenant je suis obligée de rentrer. Elle se lève : — Ton mélange spécial était délicieux.

— Dis-moi donc, tu es sûre de ne pas avoir de contusions internes? Tu devrais aller voir un médecin.

— Non, non. Je vais parfaitement bien.

— Qu'est-ce que vous allez faire, sans voiture? Veux-tu que je te prête la mienne?

— Je ne veux pas t'en priver.

— Ça ne me privera pas; je m'en sers si rarement. J'aime tellement mieux flâner à pied.

C'est bien lui, pense-t-elle avec émotion en s'installant au volant. Il n'est dupe de personne, et même il peut avoir la dent dure; mais si présent, si attentif et toujours prêt à rendre service. Elle sent encore autour d'elle la tiède pénombre de l'appartement. Désencombrer ma vie. Je dois me débarrasser de Lucien.

« Ce soir même », a-t-elle décidé. Elle a dit qu'elle sortait avec Mona; Jean-Charles l'a crue, il la croit toujours, par manque d'imagination. Il ne la trompe certainement pas et l'idée d'être jaloux ne l'effleure pas.

— C'est joli cet endroit, tu ne trouves pas?

— Très joli, dit-elle.

Après une heure passée chez Lucien elle a insisté pour sortir. Ça lui semblait plus facile de s'expliquer dans un endroit public que dans l'intimité d'une chambre. Il l'a emmenée dans un élégant cabaret « belle époque » : lumières tamisées, miroirs, plantes vertes, des recoins discrets avec des sofas. Elle aurait pu inventer ce cadre pour mettre en valeur dans un film une marque de champagne ou de vieille fine. Un des inconvénients du métier : elle sait trop comment se fabrique un décor, il se décompose sous son regard.

— Qu'est-ce que tu prends? Ils ont des whiskys remarquables.

— Commande-m'en un; tu le boiras.

— Tu es en beauté ce soir.

Elle sourit gentiment :

— Tu me le dis toutes les fois.

— C'est vrai toutes les fois.

Dans la glace elle se jette un coup d'œil. Une jolie femme délicatement gaie, un peu capricieuse, un peu mystérieuse, c'est ainsi que Lucien me voit. Ça me plaisait. Pour Jean-Charles elle est efficace, loyale, limpide. C'est faux aussi. Agréable à regarder, oui. Mais beaucoup de femmes sont plus belles. Une brune nacrée, aux grands yeux verts enchâssés d'immenses faux cils danse avec un garçon un peu plus jeune qu'elle : je comprends qu'un homme perde la tête pour une pareille créature. Ils se sourient et parfois leurs joues se touchent. Est-ce l'amour? Nous aussi nous nous sourions, nos mains se touchent.

— Si tu savais quel supplice, ces week-ends! La nuit du samedi... Les autres nuits je peux douter. Mais là je sais. C'est un gouffre rouge au fond de ma semaine. Je me suis soûlé.

— Tu as eu bien tort. Ça ne compte pas tant.

— Avec moi non plus, ça ne compte pas tant.

Elle ne répond pas. Comme il est devenu ennuyeux! Tout le temps des reproches. S'il m'en fait encore un, j'enchaîne : En effet...

— Tu viens danser? propose-t-il.

— Dansons.

« Ce soir même », se répète-t-elle. Pourquoi au juste? Pas à cause de la nuit de Feuverolles, ça ne la gêne pas de passer d'un lit à l'autre : c'est tellement pareil. Et Jean-Charles l'a glacée quand après l'accident elle s'est jetée dans ses bras et qu'il a dit sèchement : « La voiture est en miettes. » La vraie raison, la seule, c'est que l'amour est assommant quand on n'aime plus. Tout ce temps perdu. Ils se taisent, comme si souvent ils se sont tus; mais sent-il que ce n'est pas le même silence?

« Et maintenant, comment m'y prendre? » se demande-t-elle en se rasseyant sur le sofa. Elle allume une cigarette. Dans les romans à la vieille mode, on allume tout le temps des cigarettes, c'est artificiel, dit Jean-Charles. Mais on le fait souvent dans la vie quand on a besoin de se donner une contenance.

— Toi aussi tu te sers d'un Criquet? dit Lucien. Toi qui as tant de goût? C'est tellement laid.

— C'est commode.

— J'aimerais tant t'offrir un beau briquet. Vraiment beau. En or. Mais je n'ai même pas le droit de te faire de cadeau.

— Allons! allons! tu ne t'en es pas privé.

— De la pacotille.

Des parfums, des écharpes, elle disait que c'était des échantillons publicitaires. Mais évidemment un poudrier ou un briquet en or, Jean-Charles aurait tiqué.

— Tu sais, je ne tiens pas aux objets. Faire de la publicité pour, ça m'en a dégoûtée....

— Je vois mal le rapport. Un bel objet, ça dure,

c'est chargé de souvenirs. Ce briquet justement, j'ai allumé tes cigarettes avec quand tu es venue chez moi pour la première fois.

— On n'a pas besoin de ça pour se souvenir.

Au fond, d'une autre manière que Jean-Charles, Lucien aussi vit à l'extérieur de lui-même. Je ne connais que papa qui soit différent. Ses fidélités sont en lui, non dans les choses.

— Pourquoi me parles-tu sur ce ton? demande Lucien. Tu as voulu sortir, nous sommes sortis; je fais tout ce que tu veux. Tu pourrais être plus aimable.

Elle ne répond rien.

— De toute la soirée tu ne m'as pas dit un mot tendre.

— Ça ne s'est pas trouvé.

— Ça ne se trouve plus jamais.

« C'est le moment », se dit-elle. Il souffrira un peu, et puis il se consolera. Juste à cette minute, des tas d'amants sont en train de rompre; dans un an ils n'y penseront plus.

— Écoute, tu me fais tout le temps des reproches. Il vaut mieux nous expliquer franchement.

— Je n'ai rien à t'expliquer, dit-il avec vivacité. Et je ne te demande rien.

— Indirectement, si. Et je veux te répondre. Je garde pour toi la plus grande affection; je la garderai toujours. Mais je ne t'aime plus d'amour. (L'ai-je jamais fait? Ces mots ont-ils un sens?)

Il y a un silence. Le cœur de Laurence bat un peu plus vite, mais le plus dur est passé. Les mots définitifs ont été prononcés. Reste à boucler la scène.

— Je le sais depuis longtemps, dit Lucien.

Pourquoi éprouves-tu le besoin de me le dire, ce soir?

— Parce que nous devons en tirer les consé-quences. Si ce n'est plus de l'amour, mieux vaut cesser de coucher ensemble.

— Moi je t'aime. Et il y a bien des gens qui couchent ensemble sans s'aimer d'amour fou.

— Je ne vois pas de raison de le faire.

— Bien sûr! tu as tout ce qu'il te faut à la mai-son. Et moi, moi qui ne peux plus me passer de toi, je suis le cadet de tes soucis.

— Au contraire, c'est avant tout à toi que je pense. Je te donne beaucoup trop peu, des miettes, comme tu dis souvent. Une autre femme te ren-drait bien plus heureux.

— Quelle touchante sollicitude!

Le visage de Lucien chavire, il prend la main de Laurence :

— Tu ne parles pas sérieusement! Toute notre histoire, les nuits du Havre, les nuits dans ma chambre, notre escapade à Bordeaux, tu effaces tout?

— Mais non. Je m'en souviendrai toujours.

— Tu as déjà oublié.

Il invoque le passé, il se débat; elle lui donne la réplique avec calme; c'est parfaitement inutile, mais elle sait ce qu'on doit à quelqu'un qu'on quitte; elle l'écoutera jusqu'au bout avec courtoisie, c'est la moindre des choses. Il la regarde d'un air soupçonneux :

— J'ai compris! Il y a un autre homme!

— Oh là! là! Avec la vie que je mène!

— Non, en effet; je n'y crois pas. Tu ne m'as pas aimé. Tu n'aimes personne. Il y a des femmes frigides au lit. Toi, c'est pire. Tu souffres d'une frigidité du cœur.

— Ce n'est pas de ma faute.

— Et si je te disais que je vais aller me fracasser sur l'autoroute?

— Tu ne serais pas stupide à ce point-là. Allons, n'en fais pas un drame. Une de perdue... C'est tellement interchangeable, les gens.

— C'est atroce, ce que tu dis là. Lucien se lève :

— Rentrons. Tu me donnerais envie de te battre.

Ils roulent en silence jusqu'à la maison de Laurence. Elle descend et reste un instant hésitante au bord du trottoir.

— Eh bien, au revoir, dit-elle.

— Non. Pas au revoir; ton affection, tu peux te la mettre au cul. Je vais changer de boîte et je ne te reverrai plus de ma vie.

Il ferme la portière, il embraie. Elle n'est pas très fière d'elle. Pas mécontente non plus. « Il fallait le faire », se dit-elle. Elle ne sait pas très bien pourquoi.

Elle a croisé Lucien aujourd'hui à Publinf, et ils ne se sont pas adressé la parole. Il est dix heures du soir. Elle fait de l'ordre dans sa chambre quand elle entend la sonnerie du téléphone et la voix de Jean-Charles :

— Laurence! ta mère veut te parler.

Elle se précipite :

— C'est toi, Dominique?

— Oui. Viens tout de suite.

— Qu'y a-t-il?

— Je te le dirai.

— J'arrive.

Jean-Charles reprend son livre; il demande d'un air ennuyé :

— Qu'est-ce qui se passe?

— Je suppose que Gilbert a parlé.

— Que d'histoires!

Laurence enfile son manteau, elle va embrasser ses filles.

— Pourquoi tu t'en vas à cette heure-ci? dit Louise.

— Mammie est un peu malade. Elle m'a demandé de lui acheter des médicaments.

L'ascenseur la descend au garage où elle a rangé l'auto prêtée par son père. Gilbert a parlé! Elle fait une marche arrière, elle sort. Calme, du calme. Respirer à fond plusieurs fois. Garder mon sang-froid. Ne pas rouler trop vite. Par chance, elle trouve tout de suite une place et se range au bord du trottoir. Elle reste un instant immobile en bas de l'escalier. Elle n'a pas le courage de monter, de sonner. Que va-t-elle trouver derrière la porte? Elle monte, elle sonne.

— Qu'est-ce qui t'arrive?

Dominique ne répond pas. Elle est bien coiffée, bien maquillée, l'œil sec, elle fume nerveusement.

— Gilbert sort d'ici, dit-elle d'une voix sourde. Elle fait entrer Laurence dans le salon : — C'est un salaud. Le roi des salauds. Sa femme aussi. Tous. Mais je me défendrai. Ils veulent ma peau : ils ne l'auront pas.

Laurence l'interroge du regard; elle attend; dans la bouche de Dominique les mots ont peine à se former :

— Ce n'est pas Lucile. C'est Patricia. Cette demeurée. Il va l'épouser.

— L'épouser?

— L'épouser. Tu te rends compte? Je vois ça d'ici. Un grand mariage au Manoir, avec de la fleur d'oranger. A l'église, puisque avec Marie-Claire il n'était pas passé devant M. le Curé. Et Lucile tout émue, en jeune mère de la mariée. Non, c'est à se tordre.

Elle éclate de rire, la tête renversée en arrière, appuyée contre le dossier du fauteuil; elle rit, elle rit, l'œil fixe, toute blanche, et sous la peau du cou de grosses cordes saillent, c'est soudain un cou de très vieille femme. Dans ces cas-là il faut gifler les gens ou leur jeter de l'eau au visage, mais Laurence n'ose pas. Elle dit seulement : « Calme-toi. Je t'en prie, calme-toi. »

Un feu de bois agonise dans la cheminée, il fait trop chaud. Le rire s'arrête, la tête de Dominique retombe en avant, les cordes du cou s'effacent, le visage s'affaisse. Parler.

— Marie-Claire accepte le divorce?

— Trop heureuse : elle me hait. Je suppose qu'elle sera de la noce. Le poing de Dominique s'écrase contre le bras du fauteuil :

— Toute ma vie j'ai lutté. Et cette petite conasse, la voilà à vingt ans la femme d'un des hommes les plus riches de France. Elle sera encore jeune quand il crèvera en lui laissant la moitié de sa fortune. Tu trouves ça juste?

— Oh! la justice. Écoute : tu es arrivée par toi-même, et c'est très beau. Tu n'as eu besoin de personne. Ça prouve ta force. Montre-leur que tu es forte et que tu te fous de Gilbert...

— Tu trouves ça beau d'arriver par soi-même! Tu ne sais pas ce que c'est. Ce qu'il faut faire, et subir, surtout quand tu es une femme. Toute ma vie j'ai été humiliée. Avec Gilbert... La voix de Dominique fléchit : — Avec Gilbert je me sentais protégée; en paix; enfin en paix, après tant d'années...

Elle a dit ces mots avec un tel accent que Laurence a un élan vers elle. La sécurité, la paix. Il lui semble toucher la vérité de cette vie si acharnée d'ordinaire à se déguiser.

— Dominique chérie, tu dois être fière de toi. Et ne plus te sentir humiliée, plus jamais. Oublie Gilbert, il ne mérite pas que tu le regrettes. Bien sûr c'est dur, ça te demandera un peu de temps, mais tu prendras le dessus...

— Ce n'est pas humiliant, d'être jetée au rebut comme un vieux rossignol? Ah! je les entends ricaner.

— Il n'y a pas de quoi ricaner.

— Ils ricaneront tout de même.

— Alors ce sont des imbéciles. Ne t'occupe pas d'eux.

— Mais je ne peux pas. Tu ne comprends pas. Tu es comme ton père, tu planes hors du monde. Moi, c'est avec ces gens-là que je vis.

— Ne les vois plus.

— Et qui verrais-je? Sur le visage blême de Dominique les larmes se mettent à couler : — Être vieille, c'est déjà affreux. Mais je me disais que Gilbert serait là, qu'il serait toujours là. Et puis non. Vieille et seule : c'est atroce.

— Tu n'es pas vieille.

— Je vais l'être.

— Tu n'es pas seule. Tu m'as, tu nous as.

Dominique pleure. Sous les masques, il y a une femme de chair et de sang, avec un cœur, qui se sent vieillir et que la solitude épouvante; elle murmure :

— Une femme sans homme est une femme seule.

— Tu rencontreras un autre homme. En attendant tu as ton travail.

— Mon travail? tu crois que ça m'apporte quelque chose? Autrefois oui, parce que je voulais arriver. Maintenant, je suis arrivée, et je me demande bien à quoi.

— Justement à ce que tu voulais. Tu as une situation hors ligne; tu fais un travail passionnant.

Dominique n'écoute pas. Son regard est fixé sur le mur, en face d'elle : — Une femme arrivée! de loin ça en impose Mais quand tu te retrouves seule dans ta chambre, le soir... définitivement seule. Elle tressaille, comme si elle sortait d'une transe : Je ne le supporterai pas! « On supporte, on supporte », disait Gilbert. Oui ou non?

— Pars en voyage. Va à Balbeck sans lui.

— Seule?

— Avec une amie.

— Tu me connais des amies? Et où est-ce que je prendrais l'argent? Je ne sais même pas si je pourrai garder Feuverolles, ça coûte trop cher à entretenir.

— Prends ta voiture, descends en Italie, change-toi les idées.

— Non! non! Je ne céderai pas. Je ferai quelque chose.

Le visage de Dominique est redevenu si dur que Laurence a vaguement peur.

— Quoi? que peux-tu faire?

— En tout cas je me vengerai.

— Comment ça?

Dominique hésite; une espèce de sourire déforme sa bouche :

— Je suis sûre qu'ils ont caché à la petite les coucheries de sa mère avec Gilbert. Je lui dirai. Et aussi comment il parlait de Lucile : les seins aux genoux et tout le reste.

— Tu ne vas pas faire ça! Ça serait de la folie. Tu ne vas pas aller la trouver!

— Non. Mais je peux lui écrire.

— Tu ne parles pas sérieusement?

— Et pourquoi donc pas?

— Ça serait dégoûtant!

— Et ce qu'ils me font, ce n'est pas dégoûtant? L'élégance, le fair play, quelle blague! Ils n'ont pas le droit de me faire souffrir : je ne leur rendrai pas le bien pour le mal.

Laurence n'a jamais jugé Dominique, elle ne juge personne; mais elle frissonne. Il fait si noir dans ce cœur, des serpents s'y tordent. Empêcher ça, à tout prix.

— Tu n'arriveras à rien; tu te dégraderas à leurs yeux et le mariage aura lieu quand même.

— Ça, j'en doute, dit Dominique. Elle réfléchit, elle calcule : — Patricia est une gourde. C'est le genre de Lucile : on a des amants, mais fifille n'en sait rien, fifille est pucelle, elle mérite sa fleur d'oranger...

Laurence est stupéfaite de la soudaine vulgarité de Dominique. Jamais celle-ci n'avait eu cette voix, ce langage; c'est une autre qui parle, ce n'est pas Dominique.

— Alors, quand elle apprendra la vérité, l'enfant de Marie, je pense qu'elle aura un drôle de choc.

— Elle ne t'a rien fait, ce n'est pas elle.

— C'est aussi elle. D'une voix agressive Dominique ajoute : — Pourquoi les défends-tu?

— Je te défends contre toi-même. Écoute, tu as toujours dit qu'il fallait savoir encaisser les coups durs; tu étais si indignée contre Jeanne Texcier.

— Mais je ne me suicide pas : je me venge.

Que dire, quel argument trouver?

— Ils diront que tu mens.

— Elle ne leur parlera de rien : elle les haïra trop.

— Suppose qu'elle leur parle. Ils raconteront partout que tu as écrit ces lettres.

— Mais non. Ils n'iront pas laver leur linge sale en public.

— Ils diront que tu as écrit des lettres ignobles, sans préciser.

— Alors, moi, je préciserai.

— Tu imagines ce qu'on pensera de toi?

— Que je ne me laisse pas marcher sur les pieds. De toute façon je suis une femme plaquée; une vieille femme plaquée pour une jeune fille. J'aime mieux être odieuse que ridicule.

— Je t'en supplie...

— Ah! tu me fatigues, dit Dominique. Bon, je ne le ferai pas. Et alors? De nouveau le visage se défait, elle éclate en sanglots :

— Je n'ai jamais eu de chance. Ton père était un incapable. Oui, un incapable. Et quand enfin je rencontre un homme, un vrai, il me plaque pour une idiote de vingt ans.

— Veux-tu que je reste cette nuit?

— Non. Donne-moi mes pilules. Je vais augmenter un peu la dose, et je dormirai. Je suis à bout.

Un verre d'eau, une capsule verte, deux petits comprimés blancs. Dominique les prend :

— Tu peux me laisser maintenant.

Laurence l'embrasse et ferme derrière elle la porte d'entrée. Elle conduit lentement. Oui ou non, Dominique va-t-elle écrire cette lettre? Comment l'en empêcher? Prévenir Gilbert? ce serait une trahison. Et il ne peut pas surveiller le courrier de Patricia. Emmener maman en voyage, tout de suite, dès demain? Elle refusera. Que faire? Dès que cette question se pose, quel désarroi! J'ai toujours été sur des rails. Jamais je n'ai rien décidé : pas même mon mariage; ni mon métier; ni mon histoire avec Lucien : elle s'est faite et défaite, malgré moi. Les choses m'arrivent, c'est tout. Que faire? Demander conseil à Jean-Charles?

— Oh! mon Dieu! si tu savais dans quel état est Dominique! dit-elle. Gilbert lui a tout dit.

Il pose son livre après avoir glissé un signet entre les pages :

— C'était à prévoir.

— J'espérais qu'elle tiendrait mieux le coup. Depuis un mois, elle m'a dit tellement de mal de Gilbert!

— Il y a tant de choses en jeu. Quand ça ne serait que le fric : elle devra changer son train de vie.

Laurence se raidit. Jean-Charles déteste le pathétique, d'accord; mais tout de même, quelle indifférence dans sa voix!

— Dominique n'aime pas Gilbert pour son argent.

— Mais il en a et ça compte. Ça compte pour tout le monde, figure-toi, dit-il d'une voix agressive.

Elle ne répond pas et marche vers sa chambre. Décidément il n'a pas digéré les huit cent mille francs que lui coûte l'accident. Et il m'en rend responsable! Elle se déshabille avec des gestes brusques. La colère monte en elle. Je ne veux pas me mettre en colère, il faut que je dorme bien. Un verre d'eau, des mouvements de gymnastique, une douche froide. Évidemment, je ne pouvais pas compter sur un conseil de Jean-Charles : se mêler des affaires des autres, jamais. Une seule personne pourrait aider Laurence : son père; et tout de même, malgré sa compréhension et sa générosité, elle ne va pas l'apitoyer sur les déboires de Dominique. Pour une fois, avant de se mettre au lit elle prend un cachet. Trop d'émotions depuis dimanche : tout arrive toujours à la fois.

Par crainte de réveiller sa mère, Laurence s'est retenue de téléphoner jusqu'au moment de partir pour le bureau. Elle demande :

— Comment vas-tu? As-tu dormi?

— Admirablement jusqu'à quatre heures du matin.

Il y a une espèce de défi joyeux dans la voix de Dominique.

— Seulement jusqu'à quatre heures?

— Oui. A quatre heures je me suis réveillée. Un silence et d'un ton triomphant Dominique lance :

— J'ai écrit à Patricia.

— Non! Oh non! Le cœur de Laurence s'est mis à battre avec violence : — Tu n'as pas envoyé la lettre?

— En pneumatique, à cinq heures. Je m'amuse comme une folle en pensant à la tête qu'elle fait, la mignonne.

— Dominique! c'est insensé. Il ne faut pas qu'elle lise cette lettre. Téléphone-lui : supplie-la de ne pas ouvrir ton pneu.

— Tu parles que je vais lui téléphoner! D'ailleurs c'est trop tard, elle l'a déjà lu.

Laurence se tait. Elle raccroche et elle a juste le temps d'arriver dans la salle de bains : un spasme lui déchire l'estomac, elle vomit tout le thé qu'elle vient d'absorber; ça ne lui était pas arrivé depuis des années, de vomir d'émotion. L'estomac vide, des spasmes le tordent encore. Elle n'a pas d'imagination, elle ne se représente ni Patricia, ni Lucile, ni Gilbert, rien. Mais elle a peur. Une peur panique. Elle boit un verre d'eau et revient s'écrouler sur un divan.

— Tu es fatiguée, maman? demande Catherine.

— Un peu. Ce n'est pas grave. Va faire tes devoirs.

— Tu es fatiguée ou tu es triste? C'est à cause de Mammie?

— Pourquoi demandes-tu ça?

— Tout à l'heure tu m'as dit qu'elle allait mieux, mais tu n'avais pas l'air de le croire.

Catherine lève vers sa mère un visage anxieux mais confiant. Laurence passe le bras autour de sa taille et la serre contre elle.

— Elle n'est pas vraiment malade. Seulement elle devait se marier avec Gilbert et il ne l'aime plus, il va se marier avec une autre. Alors elle est malheureuse.

— Ah! Catherine réfléchit : — Qu'est-ce qu'on peut faire?

— Être très gentille avec elle. Rien d'autre.

— Maman, est-ce que Mammie va devenir méchante?

— Comment ça?

— Brigitte dit que quand les gens sont méchants,

121

c'est parce qu'ils sont malheureux. Sauf les nazis.

— Elle t'a dit ça? Laurence serre plus fort Catherine : — Non. Mammie ne deviendra pas méchante. Mais fais attention quand tu la verras : n'aie pas l'air de savoir qu'elle est triste.

— Toi, je ne veux pas que tu le sois, dit Catherine.

— Moi je suis heureuse parce que j'ai une si gentille petite fille. Va faire tes devoirs et ne parle pas de tout ça à Louise : elle est trop petite. Promis?

— Promis, dit Catherine.

Elle pique un baiser sur la joue de sa mère et s'éloigne. Faudra-t-il qu'elle devienne une femme comme moi, avec des pierres dans la poitrine et des fumées de soufre dans la tête?

« N'y pensons plus, je ne veux plus y penser », se dit Laurence tandis que dans son bureau de Publinf elle discute avec Mona et Lucien sur le lancement du linon Floribelle. Onze heures et demie. Patricia a dû recevoir le pneu dès huit heures du matin.

— Tu écoutes ce que je te dis? dit Lucien.

— Mais oui.

Il est raidi dans sa rancune, hostile, elle préférerait ne plus le voir du tout, mais Voisin refuse de le lâcher. Innocence du linon, innocence sophistiquée; transparence : limpidité des sources mais aussi indiscrétion coquine; il faut jouer sur ces contrastes. La sonnerie du téléphone fait sursauter Laurence. Gilbert : « Je vous conseille instamment de passer voir votre mère. » Une voix coupante, méchante; et il a raccroché. Laurence forme le numéro de sa mère. Elle le hait cet instrument qui rend les gens si proches, si lointains, cette Cassandre dont l'appel strident brise brusquement les journées et par qui s'annoncent les drames. Là-bas, le timbre grelotte dans le silence : on dirait que l'appartement est vide. Et, d'après la phrase de Gilbert, Dominique doit être là. Quelqu'un dans un appartement vide, qu'est-ce que c'est? Un mort.

— Ma mère a eu un accident. Une attaque, je ne sais pas quoi... Je fais un saut chez elle.

Elle doit avoir une drôle de tête; ni Lucien ni Mona ne disent un mot.

Elle court; elle prend sa voiture et conduit aussi vite qu'elle peut; elle abandonne l'auto du côté interdit; elle monte l'escalier quatre à quatre sans avoir la patience de faire descendre l'ascenseur; elle sonne trois fois deux coups. Silence. Elle laisse son doigt figé sur le bouton.

— Qu'est-ce que c'est?

— Laurence.

La porte s'ouvre. Mais Dominique lui tourne le dos; elle porte son peignoir bleu. Elle entre dans sa chambre dont les rideaux sont tirés. Dans la pénombre on aperçoit par terre un vase renversé, des tulipes éparpillées, une flaque d'eau sur la moquette. Dominique se jette sur une bergère : comme l'autre jour, la tête renversée en arrière, les yeux au plafond, des sanglots gonflent son cou aux cordes raidies. Le devant du peignoir est déchiré, les boutons arrachés :

— Il m'a giflée.

Laurence va dans la salle de bains, ouvre l'armoire à pharmacie.

— Tu n'as pas pris de tranquillisant? Non? Alors avale ça.

Dominique obéit. Et elle parle d'une voix qui n'appartient à personne. Gilbert a sonné à dix heures, elle a cru que c'était le concierge, elle a ouvert. Patricia a tout de suite été pleurer dans les bras de Gilbert, et Lucile criait, il a refermé la porte derrière lui d'un coup de pied, il caressait les cheveux de Patricia, si tendrement, avec une voix apaisante, et là dans l'antichambre il l'avait insultée, giflée, il l'avait saisie par le col du peignoir bleu et traînée dans la chambre. La voix de Dominique s'étouffe, elle hoquette.

— Je n'ai plus qu'à mourir.

Qu'est-ce qui s'est passé au juste? Laurence a la tête en feu. Dans le désordre du lit défait, du peignoir déchiré, des fleurs renversées, elle voit Gilbert, avec ses grosses mains soignées, et cette méchanceté sur son visage un peu trop gras. A-t-il osé? Qu'est-ce qui l'en aurait empêché? L'horreur prend Laurence à la gorge, l'horreur de ce qui s'est passé en Dominique pendant ces quelques instants, de ce qui se passe en ce moment. Ah! toutes les images ont volé en éclats, et il ne sera jamais possible de les raccommoder. Laurence voudrait prendre un tranquillisant elle aussi, mais non, elle a besoin de toute sa lucidité.

— Quelle brute! dit-elle. Ce sont des brutes.

— Je veux mourir, murmure Dominique.

— Allons! Ne reste pas là à sangloter, ça lui ferait trop plaisir, dit Laurence. Lave-toi la figure, prends une douche, habille-toi et sortons d'ici.

Gilbert a compris qu'il n'y avait qu'une manière d'atteindre Dominique aux moelles : l'humiliation. S'en relèvera-t-elle? Que ce serait facile si Laurence pouvait la prendre dans ses bras, lui caresser les cheveux, comme avec Catherine. Ce qui la déchire, c'est cette répulsion qui se mêle à sa pitié : comme elle aurait pitié d'un crapaud blessé, sans se décider à le toucher. Elle a horreur de Gilbert, mais aussi de sa mère.

— En ce moment même, il raconte tout à Patricia et à Lucile.

— Mais non. Brutaliser une femme, il n'y a pas de quoi être fier.

— Il en est fier : il va s'en vanter partout. Je le connais...

— Il ne pourrait pas donner ses raisons. Tu me l'as dit toi-même hier : il ne va pas crier aux quatre vents qu'il a couché avec la mère de sa fiancée.

— La petite ordure! elle lui a montré ma lettre!

Laurence regarde sa mère avec stupeur :

— Mais, Dominique, je t'avais bien dit qu'elle la lui montrerait!

— Je ne le croyais pas. Je pensais qu'elle serait écœurée et qu'elle romprait. C'est ce qu'elle aurait dû faire, par égard pour sa mère : se taire et rompre. Mais elle veut la galette de Gilbert.

Pendant des années elle a traité les gens comme des obstacles à abattre, et elle en a triomphé; elle a fini par ignorer que les autres existent pour leur compte, qu'ils n'obéissent pas forcément à ses plans. Butée dans ses hystéries, ses comédies. Imitant toujours quelqu'un faute de savoir inventer des conduites adaptées aux circonstances. On la prend pour une femme de tête, maîtresse de soi, efficace...

— Habille-toi, répète Laurence. Mets des lunettes noires et je t'emmène déjeuner quelque part, aux environs de Paris, où on sera sûres de ne rencontrer personne.

— Je n'ai pas faim.

— Ça te fera du bien de manger.

Dominique passe dans la salle de bains. Le calmant a opéré. Elle fait sa toilette en silence. Laurence jette les fleurs, éponge l'eau, téléphone au bureau. Elle fait monter sa mère dans l'auto. Dominique se tait. Les grosses lunettes noires soulignent la pâleur de sa peau.

Laurence a choisi un restaurant tout en vitres, sur une hauteur d'où l'on découvre un grand paysage de banlieue. Il y a un banquet au fond de la pièce. Un endroit cher, mais pas élégant, que les relations de Dominique ne fréquentent pas. Elles choisissent une table.

— Il faut que je prévienne ma secrétaire que je ne viendrai pas aujourd'hui, dit Dominique.

Elle s'éloigne, les épaules un peu voûtées. Laurence sort sur la terrasse qui domine la plaine. Au loin, la blancheur du Sacré-Cœur, les ardoises des toits de Paris brillent sous le ciel d'un bleu intense. C'est un de ces jours où la gaieté du printemps perce sous la froidure de décembre. Des oiseaux chantent dans les arbres nus. Sur l'autostrade, en contrebas, des autos filent, étincelantes. Laurence s'immobilise; le temps soudain s'est arrêté. Derrière ce paysage concerté, avec ses routes, ses grands ensembles, ses lotissements, les voitures qui se hâtent, quelque chose transparaît, dont la rencontre est si émouvante qu'elle oublie les soucis, les intrigues, tout : elle n'est plus qu'une attente sans commencement ni fin. L'oiseau chante, invisible, annonçant le lointain renouveau. Une roseur traîne à l'horizon et Laurence reste un long moment paralysée par un émoi mystérieux. Et puis elle se retrouve sur la terrasse d'un restaurant, elle a froid, elle regagne sa table.

Dominique s'assied à côté d'elle. Laurence lui tend la carte.

— Je n'ai envie de rien.

— Choisis tout de même quelque chose.

— Choisis pour moi.

La bouche de Dominique frémit; elle a l'air épuisée. Sa voix se fait humble :

— Laurence, ne parle de ça à personne. Je ne veux pas que Marthe sache. Ni Jean-Charles. Ni ton père.

— Bien sûr que non.

La gorge de Laurence est serrée. Elle a un élan vers sa mère, elle voudrait l'aider. Mais comment?

— Si tu savais ce qu'il m'a dit! C'est horrible. C'est un homme horrible.

Derrière les lunettes noires, deux larmes coulent.

— N'y pense plus. Interdis-toi d'y penser.

— Je ne peux pas.

— Pars en voyage. Prends un amant. Et tire un trait.

Laurence commande une omelette, des soles, du vin blanc. Elle sait qu'elle a devant elle des heures et des heures de rabâchage. Elle s'y résigne. Mais il faudra bien qu'elle finisse par quitter Dominique. Et alors?

Dominique fait une espèce de grimace, sournoise, maniaque;

— Je pense tout de même que je leur aurai un peu gâché leur nuit de noces, dit-elle.

— Pour les Dufrène, je voudrais trouver un objet-choc, dit Jean-Charles.

— Il faudra chercher dans le quartier de papa.

Jean-Charles a un poste de budget spécial pour les cadeaux, gratifications, sorties, réceptions, imprévus, et il le contrôle avec le même souci d'ordre et d'équilibre que les autres. Quand ils feront leurs achats, cet après-midi, les dépenses auront été fixées, à quelque mille francs près. Travail délicat. N'avoir l'air ni de lésiner, ni de jeter de la poudre aux yeux; et le cadeau ne doit pas refléter ce souci de mesure mais uniquement celui de plaire à son destinataire. Laurence jette un coup d'œil sur les chiffres qu'inscrit son mari.

— Cinq mille francs pour Goya, ce n'est pas beaucoup.

— Elle n'est chez nous que depuis trois mois. On ne va pas lui donner autant que si elle avait travaillé toute l'année.

Laurence se tait. Elle prendra dix mille francs dans sa caisse personnelle; c'est commode d'avoir un métier où on touche des primes à l'insu du conjoint. Ça évite les discussions. Inutile d'indisposer Jean-Charles : le bulletin de Catherine ne lui fera pas plaisir. Il faut tout de même qu'elle se décide à le lui montrer.

— Les enfants ont rapporté hier leur bulletin trimestriel.

Elle lui tend celui de Louise. Première, troisième, seconde. Jean-Charles le parcourt des yeux avec indifférence.

— Celui de Catherine est moins brillant.

Il regarde et il se renfrogne : douzième en français, neuvième en latin, huitième en mathématiques, quinzième en histoire, troisième en anglais.

— Douzième en français! Elle était toujours première! Qu'est-ce qui lui arrive?

— Elle n'aime pas son professeur.

— Et quinzième en histoire, neuvième en latin! Les commentaires n'arrangent rien. « Pourrait faire mieux. Bavarde en classe. Distraite. » Distraite : est-ce qu'elle tient ça de moi?

— Tu as été voir ses professeurs?

— J'ai vu celui d'histoire; Catherine a l'air fatiguée, elle semble dans la lune, ou au contraire elle s'agite et bêtifie. Souvent à cet âge-là les petites filles traversent une crise, m'a-t-elle dit; c'est l'approche de la puberté, il ne faut pas trop s'inquiéter.

— Ça m'a l'air d'une crise sérieuse. Elle ne travaille pas, et elle crie la nuit.

— Elle a crié deux fois.

— C'est deux fois de trop. Appelle-la, je veux lui parler.

— Ne la gronde pas. Ses notes ne sont tout de même pas désastreuses.

— Tu te contentes de peu!

Dans la chambre d'enfants, Catherine aide Louise à faire des décalcomanies. Elle est d'une touchante gentillesse avec sa sœur, depuis que la petite a pleuré de jalousie. Rien à faire, pense Laurence, Louise est jolie, elle est drôle et futée, mais c'est Catherine que je préfère. Pourquoi ce fléchissement dans son travail? Laurence a ses idées là-dessus, mais elle est bien décidée à les garder pour elle.

— Mon chéri, papa veut te voir. Il s'inquiète, à cause de ton bulletin.

Catherine la suit en silence, la tête un peu baissée. Jean-Charles la regarde d'un air sévère :

— Voyons, Catherine : explique-moi ce qui t'arrive. L'année passée tu étais toujours dans les trois premières. Il lui met le bulletin sous le nez :
— Tu ne travailles pas.
— Mais si.
— Douzième, quinzième.
Elle lève vers son père un visage étonné :
— Qu'est-ce que ça peut faire?
— Ne sois pas insolente!
Laurence intervient, d'une voix gaie :
— Si tu veux être médecin, il faudra beaucoup travailler.
— Ah! je travaillerai : ça m'intéressera, dit Catherine. Maintenant on ne me parle jamais de choses qui m'intéressent.
— L'histoire, la littérature, ça ne t'intéresse pas? dit Jean-Charles d'une voix indignée.
Quand il discute, il veut avoir raison plutôt que comprendre son interlocuteur, sinon il demanderait : qu'est-ce qui t'intéresse? Catherine ne saurait pas répondre, mais Laurence sait : c'est ce monde autour d'elle, ce monde qu'on lui cache mais qu'elle entrevoit.
— C'est ton amie Brigitte qui te fait bavarder en classe?
— Oh! Brigitte, c'est une très bonne élève. La voix de Catherine s'anime : — Elle a de mauvaises notes en français, parce que le professeur est bête, mais elle a été première en latin et troisième en histoire.
— Eh bien! tu devrais l'imiter. Ça me fait de la peine que ma petite fille devienne un cancre.
Les larmes perlent aux yeux de Catherine, et Laurence lui caresse la tête.
— Elle travaillera mieux le prochain trimestre.

Maintenant elle va profiter de ses vacances, oublier le lycée. Va, mon chéri, va jouer avec Louise.

Catherine sort de la pièce et Jean-Charles dit d'une voix fâchée :

— Si tu la cajoles quand je la gronde, il est inutile que je m'occupe d'elle.

— Elle est si sensible.

— Trop sensible. Que lui arrive-t-il? elle pleure, pose des questions qui ne sont pas de son âge et ne travaille plus.

— Tu disais toi-même qu'elle a l'âge de poser des questions.

— Soit. Mais cette régression scolaire est anormale. Je me demande si c'est bon pour elle d'avoir une amie plus âgée et juive par-dessus le marché.

— Quoi?

— Ne me prends pas pour un antisémite. Mais c'est connu que les enfants juifs sont d'une précocité un peu inquiétante et d'une émotivité excessive.

— Ah! ce sont des histoires; je n'y crois absolument pas. Brigitte est précoce parce que faute de mère elle doit se débrouiller seule, et parce qu'elle a un grand frère avec qui elle est très intime; je trouve qu'elle a une excellente influence sur Catherine; la petite mûrit, elle réfléchit, elle s'enrichit. Tu attaches trop d'importance aux succès scolaires.

— Je veux que ma fille réussisse dans la vie. Pourquoi ne l'amènes-tu pas voir un psychologue?

— Ah! non alors! Si on devait consulter un psychologue chaque fois qu'un enfant perd quelques places en classe!

— Perd des places en classe et crie dans son sommeil. Pourquoi pas? Pourquoi en cas de troubles affectifs refuserait-on de voir un spécialiste alors que tu emmènes tes filles chez le médecin dès qu'elles toussent?

— Je n'aime pas du tout cette idée.

— C'est classique. Spontanément les parents sont jaloux des psychologues qui s'occupent de leurs enfants. Mais nous sommes assez intelligents pour dépasser cette attitude. Tu es drôle. Tu es moderne par certains côtés et, par d'autres, franchement rétrograde.

— Rétrograde ou non, je trouve Catherine très bien comme elle est; je ne veux pas qu'on me l'abîme.

— Un psychologue ne te l'abîmera pas. Il essaiera seulement de voir ce qui ne tourne pas rond.

— Tourner rond : qu'est-ce que ça veut dire? A mon avis ça ne tourne pas tellement rond chez les gens que tu juges normaux. Si Catherine est intéressée par autre chose que ses programmes, ça ne veut pas dire qu'elle a l'esprit dérangé.

Laurence a parlé d'un ton violent qui l'étonne elle-même. Suivre son bonhomme de chemin, sans dévier d'un pouce, défense de regarder à droite ou à gauche, à chaque âge ses tâches, si la colère te prend avale un verre d'eau et fais des mouvements de gymnastique. Ça m'a bien réussi, ça m'a parfaitement réussi; mais on ne m'obligera pas à élever Catherine de la même façon. Elle dit avec force :

— Je n'empêcherai pas Catherine de lire les livres qui lui plaisent ni de voir les camarades qu'elle aime.

— Reconnais qu'elle a beaucoup perdu de son équilibre. Pour une fois ton père avait raison : l'information c'est magnifique mais dangereux pour les enfants. Il faut prendre des précautions et peut-être la soustraire à certaines influences. Inutile qu'elle apprenne tout de suite les tristesses de la vie. Il sera temps plus tard.

— Tu crois ça! Il ne sera jamais temps, il n'est jamais temps, dit Laurence. Mona a raison de dire que nous ne comprenons rien. Tous les jours nous lisons dans les journaux des choses affreuses, et nous continuons à les ignorer.

— Ah! ne recommence pas à me faire une crise de mauvaise conscience comme en 62, dit Jean-Charles sèchement.

Laurence se sent pâlir : comme s'il l'avait giflée. Elle tremblait, elle était hors d'elle le jour où elle avait lu l'histoire de cette femme torturée à mort. Jean-Charles l'avait serrée contre lui, elle s'était abandonnée dans ses bras avec confiance et il disait : « C'est affreux », elle avait cru qu'il était ému lui aussi. A cause de lui elle s'était calmée, elle avait fait un effort pour chasser ce souvenir, elle y avait presque réussi. C'était à cause de lui en somme qu'elle avait désormais évité de lire les journaux. En fait il se fichait de cette affaire, il disait : « C'est affreux » juste pour l'apaiser : et maintenant il lui jetait l'incident au visage avec une espèce de hargne. Quelle trahison! Si sûr de son bon droit; furieux si nous dérangeons l'image qu'il se fait de nous, petite fille, jeune femme exemplaires, se foutant de ce que nous sommes pour de bon.

— Je ne veux pas que Catherine hérite de ta bonne conscience.

Jean-Charles frappe sur la table; il n'a jamais supporté qu'on lui tienne tête.

— C'est toi qui la détraques avec tes scrupules, ta sensiblerie.

— Moi? de la sensiblerie?

Elle est franchement étonnée. Elle en a eu; mais Dominique, puis Jean-Charles l'ont bien étouffée. Mona lui reproche son indifférence, et Lucien de n'avoir pas de cœur.

— Oui, l'autre jour encore avec ce cycliste...

— Va-t'en, dit Laurence, ou c'est moi qui m'en vais.

— C'est moi : je dois passer chez Monnod. Mais tu ne ferais pas mal de voir un psychiatre pour ton propre compte, dit Jean-Charles en se levant.

Elle s'enferme dans sa chambre. Boire un verre d'eau, faire de la gymnastique : non. Cette fois elle se donne à sa colère; un ouragan se déchaîne dans sa poitrine, il secoue toutes ses cellules, c'est une douleur physique, mais on se sent vivre. Elle se revoit, assise au bord du lit, elle entend la voix de Jean-Charles : « Je ne trouve vraiment pas ça malin; nous n'avons qu'une assurance tierce-collision... Tout le monde aurait témoigné en ta faveur. » Et elle réalise en un éclair qu'il ne plaisantait pas. Il me reprochait, il me reproche encore de ne pas lui avoir économisé huit cent mille francs en prenant le risque de tuer un homme. La porte d'entrée s'est fermée, il est parti. L'aurait-il fait? En tout cas il m'en veut de ne pas l'avoir fait.

Elle reste un long moment assise, le sang à la tête, la nuque lourde; elle voudrait pleurer; depuis quand a-t-elle désappris?

Un disque tourne dans la chambre des enfants : de vieilles chansons anglaises; Louise fait des décalcomanies, Catherine lit les *Lettres de mon Moulin*. Elle lève la tête :

— Maman, papa était très fâché?

— Il ne comprend pas pourquoi tu travailles moins bien.

— Tu es fâchée aussi.

— Non. Mais je voudrais que tu fasses un effort.

— Papa est souvent fâché, ces temps-ci.

C'est vrai qu'il y a eu les disputes avec Vergne, et puis l'accident : il s'est irrité quand les petites ont voulu le lui faire raconter. Catherine a remarqué sa mauvaise humeur; elle ressent obscurément le malheur de Dominique, l'anxiété de Laurence. Est-ce la raison de ses cauchemars? En fait elle a crié trois fois.

— Il a des soucis. Il faut remplacer l'auto, ça coûte cher. Et puis il est content d'avoir changé de situation, mais ça a posé des problèmes.

— C'est triste d'être une grande personne, dit Catherine d'un ton convaincu.

— Mais non; on a de grands bonheurs; par exemple d'avoir de gentilles petites filles comme vous.

— Papa ne me trouve pas si gentille.

— Bien sûr que si! S'il ne t'aimait pas tant, ça lui serait égal que tu aies de mauvaises notes.

— Tu crois?

— Mais oui.

Jean-Charles a-t-il raison? Est-ce de moi qu'elle tient ce caractère inquiet? C'est effrayant de penser qu'on marque ses enfants rien que par ce qu'on est. Pointe de feu à travers le cœur. Anxiété, remords. Les humeurs quotidiennes, les hasards d'un mot, d'un silence, toutes ces contingences qui devraient s'effacer derrière moi, ça s'inscrit dans cette enfant qui rumine et qui se souviendra, comme je me souviens des inflexions de voix de Dominique. Ça semble injuste. On ne peut pas prendre la responsabilité de tout ce qu'on fait — ne fait pas. « Qu'est-ce que tu fais pour eux? » Ces comptes exigés soudain dans un monde où rien ne compte tellement. C'est comme un abus.

— Maman, demande Louise, tu nous emmèneras voir la crèche?

— Oui; demain ou après-demain.

— Est-ce qu'on pourra aller à la messe de minuit? Pierrot et Riquet disent que c'est si beau, avec de la musique et des lumières.

— On verra.

Tant de fables faciles pour tranquilliser les enfants : les paradis de Fra Angelico; les merveilleux lendemains; la solidarité, la charité, l'aide aux pays sous-développés. J'en refuse certaines, j'en accepte plus ou moins d'autres.

On sonne : une gerbe de roses rouges, avec la carte de Jean-Charles : « Tendrement. » Elle ôte les épingles et le papier glacé, elle a envie de la jeter à la poubelle. Un bouquet, c'est toujours autre chose que des fleurs : c'est de l'amitié, de l'espoir, de la gratitude, de la gaieté. Des roses rouges : amour ardent. Justement non. Même pas un sincère remords, elle en est sûre; simple déférence aux conventions conjugales : pas de mésentente pendant les fêtes de fin d'année. Elle dispose les roses dans un vase de cristal. Ce n'est pas un voluptueux flamboiement de passion; mais elles sont belles et si on les a chargées d'un message mensonger, elles en sont innocentes.

Laurence effleure de ses lèvres les pétales parfumés. Tout au fond qu'est-ce que je pense de Jean-Charles? Que pense-t-il de moi? Elle a l'impression que ça n'a aucune importance. De toute façon nous sommes liés pour la vie. Pourquoi Jean-Charles plutôt qu'un autre? C'est ainsi. (Une autre jeune femme, des centaines de jeunes femmes en cette minute se demandent : pourquoi lui plutôt qu'un autre?) Quoi qu'il fasse, ou dise, quoi qu'elle dise ou fasse, il n'y aura pas de sanction. Inutile même de se mettre en colère. Aucun recours.

Dès qu'elle a entendu la clé tourner dans la serrure, elle a couru au-devant de lui, elle a remercié, ils se sont embrassés. Il rayonnait parce que Monnod lui avait confié un projet de logements préfabriqués aux environs de Paris : une affaire sûre et qui rapportera gros. Il a déjeuné rapidement (elle a dit qu'elle avait mangé avec les enfants, elle ne pouvait rien avaler) et ils sont partis en taxi acheter les cadeaux. Ils marchent, rue du faubourg Saint-Honoré, par un beau froid sec. Les vitrines sont illuminées, il y a des arbres de Noël dans la rue, dans les magasins; des hommes et des femmes se hâtent ou flânent, des paquets à la main, des sourires aux lèvres. On dit que ce sont les gens solitaires qui n'aiment pas les fêtes. J'ai beau être très entourée, je ne les aime pas non plus. Les sapins, les paquets, les sourires la mettent mal à l'aise.

— Je veux t'offrir un très beau cadeau, dit Jean-Charles.

— Ne fais pas de folie. Avec cette auto à remplacer...

— Ne parle plus de ça. J'ai envie de faire une folie et depuis ce matin j'en ai les moyens.

Lentement défilent les vitrines. Écharpes, clips, gourmettes, bijoux pour milliardaires — collerette de brillants avec pampilles de rubis, sautoir de perles noires, saphirs, émeraudes, bracelets d'or et de pierres précieuses —, fantaisies plus modestes, pierres du Tyrol, jade, pierres du Rhin, bulles de verre où dansent au gré de la lumière des rubans brillants, miroir au cœur d'un soleil de paille dorée, bouteilles en verre soufflé, vases d'épais cristal pour une seule rose, pots d'opaline blanche et bleue, flacons en porcelaine, en laque de Chine, poudriers en or, d'autres incrustés de pierreries, parfums, lotions, atomizers, gilets en plume d'oiseau, cachemires, pull blond en laine et poil de chameau, fraîcheur mousseuse des lingeries, le moelleux, le duveteux des robes d'intérieur aux tons pastels, le luxe des lamés, des cloqués, des brochés, des gaufrés, fins lainages givrés de fils métalliques, le rouge sourd de la vitrine d'Hermès, le contraste cuir et fourrure qui fait valoir chaque matière par l'autre, nuages de cygne, dentelles écumeuses. Et tous les yeux brillent de convoitise, ceux des hommes comme ceux des femmes.

J'avais ces yeux brillants; j'adorais entrer dans les boutiques, caresser du regard le foisonnement des tissus, flâner dans ces prairies soyeuses émaillées de fleurs fantastiques; dans mes mains ruisselait la tendresse du mohair et de l'angora, la fraîcheur des toiles, la grâce du linon, la tiédeur capiteuse des velours. C'est parce qu'elle aimait ces paradis, au sol tapissé d'étoffes luxueuses, aux arbres chargés d'escarboucles, qu'elle a su tout de suite en parler. Et maintenant elle est victime des slogans qu'elle a fabriqués. Déformation professionnelle : dès que m'attire un décor, un objet, je me demande à quelle motivation j'obéis. Elle flaire l'attrape-nigaud, la mystification et tous ces raffinements l'excèdent et même à la longue l'irritent. Je finirai par me détacher de tout... Tout de même elle s'est arrêtée devant une veste en daim d'une couleur indéfinissable : couleur de brume, couleur du temps, couleur des robes de Peau-d'Ane.

— Quelle beauté!

— Achète-la. Mais ce n'est pas mon cadeau. Je veux t'offrir de l'inutile.

— Non, je ne veux pas l'acheter.

Déjà l'envie l'a quittée; cette veste n'aurait plus la même nuance ni le même velouté, séparée du trois-quarts feuille morte, des manteaux en cuir lisse, des écharpes brillantes qui l'encadrent dans la vitrine; c'est celle-ci tout entière qu'on convoite à travers chacun des objets qui y sont exposés.

Elle désigne un magasin d'appareils photographiques :

— Entrons là. C'est ce qui fera le plus de plaisir à Catherine.

— Bien sûr, il n'est pas question de la priver d'étrennes, dit Jean-Charles d'un air préoccupé. Mais je t'assure qu'il faudrait prendre des mesures.

— Je te promets d'y réfléchir.

Ils achètent un appareil facile à manier. Un signal vert indique que la lumière est bonne; si elle est mauvaise, il devient rouge; impossible de se tromper. Catherine sera contente. Mais c'est autre chose que je voudrais lui donner : la sécurité, la gaieté, le plaisir d'être au monde. C'est tout ça que je prétends vendre quand je lance un produit. Mensonge. Dans les vitrines, les objets gardent encore l'aura qui les nimbait sur l'image en papier glacé. Mais quand on les tient dans sa main, on ne voit plus rien d'autre qu'une lampe, un parapluie, un appareil photographique. Inerte, froid.

Chez *Manon Lescaut*, il y a beaucoup de monde : des femmes, quelques hommes, des couples. Ceux-ci sont de jeunes mariés : ils se regardent avec amour tandis qu'il ajuste un bracelet au poignet de sa femme. Les yeux brillants, Jean-Charles attache un collier au cou de Laurence : « Il te plaît? » Un ravissant collier, scintillant et sobre, mais beaucoup trop luxueux, beaucoup trop cher. Elle se contracte. Jean-Charles ne me l'offrirait pas sans la dispute de ce matin. C'est une compensation, un symbole, un succédané. De quoi? De quelque chose qui n'existe plus, qui n'a peut-être jamais existé : un lien intime et chaud qui rendrait tous les cadeaux inutiles.

— Il te va drôlement bien! dit Jean-Charles.

Est-ce qu'il ne sent pas entre nous le poids des choses non dites? non pas du silence, mais des phrases vaines; ne sent-il pas la distance, l'absence, sous la courtoisie des rites?

Elle ôte le bijou avec une espèce de rage : comme si elle se délivrait d'un mensonge.

— Non! je n'en ai pas envie.

— Tu viens de dire que c'était celui que tu préférais.

— Oui. Elle sourit faiblement : — Mais ce n'est pas raisonnable.

— Ça, c'est moi qui en décide, dit-il d'un ton mécontent. Enfin si tu ne l'aimes pas, laissons-le.

Elle reprend le collier : à quoi bon le contrarier? Autant en finir.

— Mais si, je le trouve merveilleux. Je pensais seulement que c'était une folie. Mais après tout, ça te regarde.

— Ça me regarde.

Elle incline un peu la tête pour qu'il puisse de

nouveau assujettir le collier : parfaite image du couple qui s'adore encore après dix ans de mariage. Il achète la paix conjugale, les joies du foyer, l'entente, l'amour; et la fierté de soi. Elle se contemple dans la glace.

— Mon chéri, tu as eu raison d'insister : je suis folle de joie.

Traditionnellement, le réveillon de la Saint-Sylvestre a lieu chez Marthe : « C'est le privilège de la femme au foyer, j'ai tout mon temps », dit-elle avec complaisance. Hubert et Jean-Charles se partagent les frais : il y a souvent du tirage parce qu'Hubert est radin (il faut dire qu'il ne roule pas sur l'or) et Jean-Charles ne veut pas payer plus que son beau-frère. L'année précédente le souper avait été plutôt minable. Ce soir, ça va, conclut Laurence après avoir examiné le buffet dressé au fond du salon que Marthe a « noëllisé » avec des bougies, un petit sapin, du gui, du houx, des cheveux d'ange, des boules brillantes. Leur père a apporté quatre bouteilles de champagne, qu'il tient d'un ami rémois et Dominique, un énorme foie gras du Périgord « tellement meilleur que le Strasbourg, le meilleur foie gras de toute la France ». Avec le bœuf en daube, la salade de riz, les amuse-gueule, les fruits, les petits fours, les bouteilles de vin et de whisky, il y a largement à boire et à manger pour dix personnes.

Les autres années, Dominique passait les fêtes avec Gilbert. C'est Laurence qui a eu l'idée de l'inviter ce soir. Elle a demandé à son père :

— Ça t'ennuierait beaucoup? Elle est si seule, si malheureuse.

— Ça m'est complètement égal.

Personne n'en connaît les détails, mais tout le monde est au courant de la rupture. Il y a les Dufrène, amenés par Jean-Charles, Henri et Thérèse Vuillenot, qui sont des amis d'Hubert. Dominique fait très « fête de famille »; elle est vêtue en « jeune grand-mère » d'une sobre robe de jersey couleur de miel, les cheveux plus blancs que blonds. Elle sourit avec douceur, presque avec timidité, et parle très lentement; elle abuse des tranquillisants, c'est ce qui lui donne cet air apathique. Dès qu'elle est seule, son visage s'affaisse. Laurence s'approche d'elle :

— Comment as-tu passé la semaine?

— Pas trop mal; j'ai assez bien dormi.

— Sourire mécanique : on dirait qu'elle tire sur les commissures de ses lèvres avec deux petites ficelles; elle lâche les ficelles.

— J'ai décidé de vendre la maison de Feuverolles. Je ne peux pas entretenir un grand machin comme ça à moi toute seule.

— C'est dommage. Si on trouvait un moyen de s'arranger...

— A quoi bon? Qui veux-tu que j'y reçoive, maintenant? Les gens intéressants, Houdan, les Thiriot, les Verdelet, c'est pour Gilbert qu'ils venaient.

— Oh! ils viendraient pour toi.

— Tu crois ça? Tu ne connais pas encore la vie. Socialement une femme n'est rien sans un homme.

— Pas toi, voyons. Toi tu as un nom. Tu es quelqu'un.

Dominique secoue la tête :

— Même avec un nom une femme sans homme,

142

c'est une demi-ratée, une espèce d'épave... Je vois bien comment les gens me regardent : crois-moi ce n'est plus du tout comme avant.

C'est une obsession chez Dominique : la solitude.

Un disque tourne, Thérèse danse avec Hubert, Marthe avec Vuillenot, Jean-Charles avec Gisèle et Dufrène invite Laurence. Ils dansent tous très mal.

— Vous êtes éblouissante ce soir, dit Dufrène.

Elle s'aperçoit dans une glace. Elle porte un fourreau noir et ce collier qu'elle n'aime pas. Il est joli pourtant et c'est aussi pour lui faire plaisir que Jean-Charles le lui a offert. Elle se trouve quelconque. Dufrène a déjà un peu bu, sa voix est plus pressante que de coutume. Un gentil garçon, un bon camarade pour Jean-Charles (bien qu'au fond ils ne s'aiment pas tant que ça, ils se jalouseraient plutôt), mais elle n'a pas pour lui de sympathie particulière.

On change de disque, on change de cavalier.

— Chère madame, m'accordez-vous cette danse? demande Jean-Charles.

— Avec plaisir.

— C'est drôle de les revoir ensemble! dit Jean-Charles.

Laurence suit son regard; elle voit son père et Dominique assis l'un en face de l'autre et qui causent courtoisement. Oui, c'est drôle.

— Elle semble avoir pris le dessus, dit Jean-Charles.

— Elle se gave de tranquillisants, de décontrariants et d'harmonisateurs.

— Au fond, ils devraient reprendre la vie commune, dit Jean-Charles.

143

— Qui ça?

— Ton père et ta mère.

— Tu es fou!

— Pourquoi donc?

— Ils ont des goûts absolument opposés. Elle c'est une mondaine et lui un solitaire.

— Ils sont tous les deux solitaires.

— Ça n'a aucun rapport.

Marthe arrête le disque : — Minuit moins cinq!

Hubert empoigne une bouteille de champagne :

— Je connais un excellent truc pour déboucher le champagne. On l'a vendu l'autre jour à la bourse aux idées.

— J'ai vu, dit Dufrène. J'ai un truc à moi, qui marche encore mieux.

— Allez-y...

Chacun fait sauter un bouchon, sans répandre une goutte, et ils ont l'air extrêmement fiers (bien que pour chacun ça aurait été mieux si l'autre avait raté son coup). Ils remplissent les coupes.

— Bonne année!

— Bonne année.

Les verres s'entrechoquent, baisers, rires et sous les fenêtres éclate le concert des klaxons.

— Quel horrible bruit! dit Laurence.

— On leur a concédé cinq minutes, comme à des gosses qui ont absolument besoin de chahuter entre deux classes, dit son père. Et il s'agit d'adultes civilisés.

— Ben quoi, il faut bien marquer le coup, dit Hubert.

Ils ouvrent les deux autres bouteilles, on va chercher les paquets accumulés derrière un canapé, on fait sauter les ficelles dorées, on dénoue les rubans, on déplie les papiers aux couleurs brillantes, imprimés d'étoiles et de sapins, en se guettant les uns les autres du coin de l'œil, pour savoir qui gagne à ce potlatch. « C'est nous », constate Laurence. Ils ont trouvé pour Dufrène une montre qui marque l'heure en France et dans tous les pays du monde; pour son père, un ravissant téléphone, copie d'ancien, qui ira très bien avec les vieilles lampes à pétrole. Leurs autres cadeaux sont moins originaux, mais raffinés. Dufrène a cherché du côté des « bidules ». Il a offert à Jean-Charles un *vénusik* — cœur perpétuel qui émet soixante-dix *glop* à la minute — et à Laurence un *transignol* qu'elle n'osera jamais fixer au volant de son auto si vraiment il imite le chant du rossignol. Jean-Charles est ravi : les trucs qui ne servent à rien, les trucs qui ne racontent rien, c'est son *hobby*. Elle a reçu aussi des gants, des parfums, des mouchoirs, et chacun s'extasie, s'exclame, remercie.

— Prenez des assiettes, des couverts, servez-vous, installez-vous, dit Marthe.

Brouhaha, bruit de vaisselle, c'est délicieux, servez-vous mieux. Laurence entend la voix de son père :

— Vous ne saviez pas ça? Il faut chambrer le vin après l'avoir débouché, pas avant.

— Il est remarquable.

— C'est Jean-Charles qui l'a choisi.

— Oui, je connais un très bon petit marchand.

Jean-Charles peut trouver excellent un vin qui a un goût prononcé de bouchon mais il joue au connaisseur, comme les autres. Elle vide une coupe de champagne. Ils rient, ils plaisantent, et elle ne trouve pas leurs plaisanteries drôles. L'an dernier...

Eh bien! elle ne s'était pas beaucoup amusée non plus, mais elle avait fait semblant; cette année, elle n'a pas envie de se forcer, à la longue, c'est lassant. Et puis l'an dernier, elle pensait à Lucien : une espèce d'alibi. Elle pensait qu'il y avait quelqu'un avec qui elle aurait aimé se trouver; le regret était une petite flamme romantique, qui la réchauffait. Plus même un regret. Pourquoi avait-elle décidé de faire le vide dans sa vie, d'épargner son temps, ses forces, son cœur alors qu'elle ne sait trop quoi faire de son temps, ses forces, son cœur? Vie trop remplie? trop vide? Remplie de choses vides, quelle confusion!

— Tout de même, examinez le profil de plusieurs vies de Capricorne, de plusieurs vies de Gémeaux : à l'intérieur de chaque groupe il y a de troublantes analogies, dit Vuillenot.

— Scientifiquement, il n'est pas exclu que les astres influencent nos destinées, dit Dufrène.

— Allons donc! la vérité c'est que cette époque est si platement positiviste que par compensation les gens ont besoin de merveilleux. On construit des machines électroniques et on lit *Planète*.

La véhémence de son père réjouit Laurence; il est resté si jeune, le plus jeune de tous.

— C'est vrai, dit Marthe. Moi j'aime mieux lire l'Évangile et croire aux mystères de la religion.

— Même dans la religion le sens du mystère se perd, dit Mme Vuillenot. Je trouve vraiment affligeant qu'on dise la messe en français, et par-dessus le marché sur de la musique moderne.

— Ah! je ne suis pas d'accord, dit Marthe de sa voix inspirée. L'Église doit vivre avec son temps.

— Jusqu'à un certain point.

Elles s'éloignent et poursuivent à mi-voix une discussion que des oreilles impies ne doivent pas entendre.

Gisèle Dufrène demande :

— Vous avez vu hier, à la télé, la rétrospective?

— Oui, dit Laurence; il semble qu'on ait vécu une drôle d'année : je ne m'en étais pas rendu compte.

— Elles sont toutes comme ça et jamais on ne s'en rend compte, dit Dufrène.

On voit les *Actualités*, les photos de *Match*, on les oublie au fur et à mesure. Quand on les retrouve toutes ensemble, ça étonne un peu. Cadavres sanglants de Blancs, de Noirs, des autocars renversés dans des ravins, vingt-cinq enfants tués, d'autres coupés en deux, des incendies, des carcasses d'avions fracassés, cent dix passagers morts sur le coup, des cyclones, des inondations, des pays entiers dévastés, des villages en flammes, des émeutes raciales, des guerres locales, des défilés de réfugiés hagards. C'était si lugubre qu'à la fin on avait presque envie de rire. Il faut dire qu'on assiste à toutes ces catastrophes confortablement installé dans son décor familier et il n'est pas vrai que le monde y fasse intrusion : on n'aperçoit que des images, proprement encadrées sur le petit écran et qui n'ont pas leur poids de réalité.

— Je me demande ce qu'on pensera dans vingt ans du film sur la France dans vingt ans, dit Laurence.

— Par certains côtés, il fera sourire comme toutes les anticipations, dit Jean-Charles. Mais en gros, c'est vrai.

Par contraste avec ces désastres, on leur a montré

la France dans vingt ans. Triomphe de l'urbanisme : partout des cités radieuses qui ressemblent, sur cent vingt mètres de hauteur, à des ruches, à des fourmilières, mais ruisselantes de soleil. Des autostrades, des laboratoires, des Facultés. Le seul inconvénient, a expliqué le commentateur, c'est que les Français crouleront sous le poids d'une telle abondance qu'ils risquent de perdre toute énergie. On a montré au ralenti des jeunes gens nonchalants qui ne se donnaient même pas la peine de mettre un pied devant l'autre. Laurence entend la voix de son père :

— En général on s'aperçoit au bout de cinq ans ou même d'un an que les planificateurs et autres prophètes s'étaient complètement trompés.

Jean-Charles le regarde d'un air de supériorité un peu lassé :

— Vous ne savez sans doute pas qu'à l'heure qu'il est la prévision de l'avenir est en train de devenir une science exacte? Vous n'avez jamais entendu parler de la Rand Corporation?

— Non.

— C'est un organisme américain doté de moyens extraordinaires. On interroge des spécialistes de chaque discipline et on fait un calcul de moyennes. Des milliers de savants, dans le monde entier, participent à ce travail.

Laurence est irritée par son air supérieur.

— En tout cas, quand on nous raconte que les Français ne manqueront de rien... Pas besoin de consulter des milliers de spécialistes pour savoir que dans vingt ans la majorité n'aura pas encore de salles de bains puisque dans la plupart des H.L.M. on n'aménage que des salles d'eau.

Ça l'a scandalisée, ce petit fait, quand Jean-Charles lui a exposé son projet de logements préfabriqués.

— Pourquoi pas de salles de bains? demande Thérèse Vuillenot.

— Les tuyauteries coûtent très cher, ça ferait monter le prix des logements, dit Jean-Charles.

— Et si on diminuait les bénéfices?

— Mais, chérie, si on les diminuait trop, personne ne serait plus intéressé à construire, dit Vuillenot.

Sa femme le regarde sans amabilité. Quatre jeunes couples : et qui aime qui? Pourquoi aimerait-on Hubert, ou Dufrène, pourquoi aimerait-on qui que ce soit, passé la première flambée sexuelle?

Laurence vide deux coupes de champagne. Dufrène explique que dans les affaires de terrain, il est difficile de tracer une frontière entre l'escroquerie et la spéculation : on est acculé à l'illégalité.

— Mais c'est très inquiétant ce que vous dites là, dit Hubert. Il paraît vraiment consterné.

Laurence échange avec son père un sourire amusé.

— Je ne peux pas le croire, dit-il. Si on tient à rester honnête, il y a certainement moyen.

— A condition de faire un autre métier.

Marthe a remis un disque; ils dansent de nouveau; Laurence essaie d'apprendre le jerk à Hubert, il s'applique, il s'essouffle, les autres le regardent d'un air moqueur; elle arrête brusquement la leçon et s'approche de son père qui discute avec les Dufrène.

— « Démodé », vous n'avez que ce mot à la bouche. Le roman classique, c'est démodé. L'humanisme, c'est démodé. Mais quand je défends Balzac et l'humanisme je suis peut-être à la mode de demain. Maintenant vous crachez sur l'abstrait. Donc j'étais en avance sur vous il y a dix ans quand je refusais de marcher. Non. Il y a autre chose que des modes : il y a des valeurs, des vérités.

Ce qu'il dit là, elle l'a pensé souvent : enfin je ne le pensais pas avec ces mots; mais maintenant qu'ils sont dits elle les reconnaît pour siens. Des valeurs, des vérités qui résistent aux modes, elle y croit. Mais lesquelles au juste?

L'abstrait ne se vend plus; mais le figuratif non plus, crise de la peinture, que voulez-vous, il y a eu une telle inflation. Rabâchages. Laurence s'ennuie. J'ai envie de leur proposer un test, pense-t-elle. Vous avez une assurance tierce-collision, un cycliste se jette sous vos roues; vous tuez le cycliste ou vous bousillez la voiture? Qui choisirait sincèrement de payer huit cent mille francs pour sauver la vie d'un inconnu? Papa, évidemment. Marthe? J'ai des doutes; de toute façon elle n'est qu'un instrument entre les mains de Dieu : s'il a décidé de ramener à lui ce pauvre garçon... Les autres? S'ils avaient le réflexe d'éviter le bonhomme, je suis sûre qu'ensuite ils le regretteraient. « Jean-Charles ne plaisantait pas. » Combien de fois s'est-elle répété cette phrase pendant cette semaine? Elle se la répète encore. Est-ce moi qui suis anormale? une anxieuse, une angoissée : qu'est-ce que j'ai qu'ils n'ont pas? Je me fous de ce rouquin; et ça me serait odieux de l'avoir écrasé. C'est l'influence de papa. Pour lui rien ne vaut une vie humaine, même s'il trouve les hommes minables. Et l'argent ne compte pas pour lui. Pour moi, si; mais tout de même moins que pour eux tous. Elle prête l'oreille parce que c'est son père qui parle :

cette nuit, il est beaucoup moins taciturne que les autres années.

— Le complexe de castration! ça n'explique plus rien du tout à force de tout expliquer. J'imagine un psychiatre venant assister un condamné à mort le matin de l'exécution et le trouvant en larmes : quel complexe de castration! dirait-il.

Ils rient, ils reprennent leur discussion.

— Tu cherches une idée? Pour quel nouveau produit?

Son père sourit à Laurence.

— Non, je rêvassais. Ça m'ennuie, leurs histoires d'argent.

— Je te comprends. Ils croient sincèrement que c'est l'argent qui fait le bonheur.

— Remarque, ça aide.

— Je n'en suis même pas sûr. Il s'assied à côté d'elle : — Je ne te vois plus.

— Je me suis beaucoup occupée de Dominique.

— Elle est moins véhémente qu'autrefois.

— C'est la dépression.

— Et toi?

— Moi?

— Comment vas-tu?

— La période des fêtes est fatigante. Bientôt c'est l'exposition de blanc.

— Tu ne sais pas ce que j'ai pensé : nous devrions faire un petit voyage tous les deux.

— Tous les deux?

Vieux rêve jamais réalisé; autrefois elle était trop jeune, et puis il y a eu Jean-Charles et les enfants.

— J'ai des vacances en février et je voudrais en

profiter pour revoir la Grèce. Tu ne peux pas t'arranger pour venir avec moi?

La joie comme un feu d'artifice. Facile, en février, d'obtenir quinze jours de congé et j'ai de l'argent à mon compte. Mais ça arrive-t-il jamais qu'un rêve se réalise?

— Si les enfants vont bien, si tout va bien, je pourrai peut-être m'arranger. Mais ça me semble trop beau...

— Tu essaieras!

— Bien sûr. J'essaierai.

Quinze jours. Enfin j'aurai le temps de poser les questions, d'obtenir les réponses en suspens depuis tant d'années. Je connaîtrai le goût de sa vie. Je percevrai le secret qui le rend si différent de tous et de moi-même, capable de susciter cet amour que je n'éprouve que pour lui.

— Je ferai tout pour que ça marche. Mais toi, tu ne changeras pas d'avis?

— Croix de bois, croix de fer, si je mens je vais en enfer, dit-il avec solennité, comme quand elle était petite.

CHAPITRE IV

Je me souviens d'un film de Buñuel; aucun de nous ne l'avait aimé. Et pourtant depuis quelque temps il m'obsède. Enfermés dans un cercle magique, des gens répétaient par hasard un moment de leur passé; ils renouaient le fil du temps et évitaient le piège où, sans le savoir, ils étaient tombés. (Il est vrai que peu après ils y étaient repris.) Je voudrais moi aussi revenir en arrière, déjouer les embûches, réussir ce que j'ai manqué. Qu'ai-je manqué? Je ne le sais même pas. Je n'ai pas de mots pour me plaindre ou pour regretter. Mais ce nœud dans ma gorge m'empêche de manger.

Recommençons. J'ai tout mon temps. J'ai tiré les rideaux. Couchée, les yeux fermés, je récapitulerai ce voyage image par image, mot par mot.

Cette explosion de joie quand il m'a demandé : "Tu veux venir en Grèce avec moi?" Malgré tout j'hésitais. Jean-Charles m'a poussée. Il me trouvait déprimée. Et puis j'avais fini par accepter que Catherine voie une psychologue : il pensait que mon absence faciliterait leurs rapports.

"Aller à Athènes en Caravelle, c'est tout de même dommage", disait papa. Moi j'aime les jets.

L'avion pique brutalement vers le ciel, je l'entends crever les murs de ma prison : mon étroite vie cernée par des millions d'autres, dont j'ignore tout. Les grands ensembles et les petites maisons s'effacent, je survole toutes les clôtures, sauvée de la pesanteur; au-dessus de ma tête s'éploie l'espace infiniment bleu, sous mes pieds s'étalent de blancs paysages qui m'éblouissent et qui n'existent pas. Je suis ailleurs : nulle part et partout. Et mon père s'est mis à me parler de ce qu'il allait me montrer, de ce que nous découvririons ensemble. Et je pensais : " C'est toi que je veux découvrir. "

Atterrissage. Douceur de l'air, odeur d'essence, mêlée à celle de la mer et des pins; le ciel pur, les collines au loin dont l'une s'appelle l'Hymette — abeilles butinant sur une terre violette — et papa traduisait les caractères inscrits au fronton des bâtiments : entrée, sortie, poste. J'aimais retrouver devant cet alphabet le mystère enfantin du langage et que, comme autrefois, le sens des mots et des choses me vînt par lui. " Ne regarde pas ", me disait-il sur l'autostrade. (Un peu déçu qu'elle eût remplacé la vieille route crevassée de sa jeunesse.) " Ne regarde pas : la beauté d'un temple est liée au site; il faut le voir à une certaine distance, pas à une autre, pour en apprécier l'harmonie. Ce n'est pas comme les cathédrales qui sont aussi émouvantes — et même parfois davantage — de loin que de près. " Ces précautions m'attendrissaient. Et en effet, perché sur sa colline, le Parthénon ressemblait à ces reproductions en faux albâtre qu'on vend dans les magasins-souvenirs. Aucune allure. Mais ça m'était bien égal. Ce qui comptait, c'était de rouler à côté de papa dans la DS orange et grise — ces taxis grecs ont d'étranges couleurs de sorbet au cassis, de glace au citron —avec vingt jours devant nous. J'entrais dans une chambre d'hôtel, je rangeais mes vêtements sans avoir l'impression de jouer un rôle de touriste dans un film publicitaire : tout ce qui m'arrivait était vrai. Sur la place qui a l'air d'une immense terrasse de café papa a commandé pour moi une boisson à la cerise, fraîche, légère, aigrelette, délicieusement puérile. Et j'ai su ce que voulait dire ce mot qu'on lit dans les livres : bonheur. J'avais connu des gaietés, des plaisirs, le plaisir, de menus triomphes, de la tendresse; mais cet accord d'un ciel bleu et d'un goût fruité, avec le passé et le présent rassemblés dans un visage cher et cette paix en moi, je l'ignorais — sauf à travers de très vieux souvenirs. Le bonheur : comme une raison que la vie se donne à elle-même. Il m'enveloppait tandis que nous mangions du mouton grillé dans une taverne. On apercevait le mur de l'Acropole baignant dans une lumière orange et papa disait que c'était un sacrilège; moi, tout me paraissait joli. J'ai aimé le goût pharmaceutique du vin résiné. " Tu es la compagne de voyage idéale ", disait papa en souriant. Il souriait le lendemain sur l'Acropole parce que je l'écoutais avec zèle tandis qu'il expliquait : la cimaise, le larmier, les mutules, les gouttes, le tailloir, l'échine, le gorgerin du chapiteau; il me faisait remarquer la légère incurvation qui assouplit la dureté des lignes horizontales, l'inclinaison des colonnes verticales, leur galbe, le subtil raffinement des proportions. Il faisait un peu froid, le vent soufflait sous le ciel limpide. Je voyais au loin les collines, la mer, de sèches petites maisons couleur de pain bis, et la voix de papa ruisselait sur moi. J'étais bien.

« On peut reprocher bien des choses à l'Occident, disait-il. Nous avons commis de grandes fautes. Mais tout de même l'homme s'y est réalisé et exprimé d'une manière qui n'a pas eu d'égale. »

Nous avons loué une voiture; nous visitions les environs et chaque jour avant le coucher du soleil nous montions sur l'Acropole, la Pnyx ou le Lycabette. Papa refusait d'aller dans la ville moderne : " Il n'y a rien à voir ", me disait-il. Le soir il m'emmenait sur le conseil d'un vieil ami, dans un petit bistrot " typique " : une grotte, au bord de la mer, décorée avec des filets de pêche, des coquillages, des lampes-tempête. " C'est plus amusant que les grands restaurants que chérit ta mère. " Pour moi, c'était un piège à touristes comme un autre. Au lieu d'élégance et de confort, on y vendait de la couleur locale et un discret sentiment de supériorité sur les habitués moutonniers des palaces. (Le thème publicitaire aurait été : soyez *différent;* ou : un endroit *différent.*) Papa échangeait quelques mots en grec avec le patron et — comme tous les clients, mais chacun se sentait privilégié — celui-ci nous faisait entrer dans la cuisine et soulevait le couvercle des marmites; ils élaboraient soigneusement le menu. Je mangeais avec appétit et indifférence...

La voix de Marthe :

— Laurence! il faut absolument que tu manges quelque chose.

— Je dors, laisse-moi.

— Au moins un bouillon. Je vais te préparer un bouillon.

Elle m'a dérangée. Où en étais-je? La route de

Delphes. J'aimais le paysage sec et blanc, le souffle aigu du vent sur la mer estivale; mais je ne voyais rien d'autre que les pierres et l'eau, aveugle à toutes ces choses que mon père me montrait. (Ses yeux, ceux de Catherine : des visions différentes mais colorées, émouvantes; et moi à côté d'eux, aveugle.) " Regarde, me disait-il. Voilà le carrefour où Œdipe a tué Laïus. " C'était arrivé, hier, et cette histoire le concernait. L'antre de la Pythie, le stade, les temples; il m'expliquait chaque pierre, j'écoutais, je faisais des efforts : en vain; le passé restait mort. Et j'étais un peu fatiguée de m'étonner, de m'exclamer. L'Aurige : " Ça donne un choc, non? — Oui. C'est beau! " Je comprenais ce qu'on pouvait lui trouver à ce grand homme en bronze vert; mais le choc, je ne l'éprouvais pas. J'en avais du malaise et même des remords. Mes moments préférés, c'était ceux où assis dans un petit bistrot nous causions en buvant de l'ouzo. Il me parlait de ses voyages d'autrefois : comme il aurait aimé que Dominique l'accompagne, et nous aussi dès que nous avons été grandes. " Penser qu'elle a vu les Bermudes et l'Amérique, mais pas la Grèce ni l'Italie! Tout de même, je trouve qu'elle a changé en bien, m'a-t-il dit. Peut-être à cause de ce coup dur, je ne sais pas. Elle est plus ouverte, mûrie, adoucie, plus lucide. " Je ne l'ai pas contredit; je ne voulais pas priver ma pauvre mère des bribes d'amitié qu'il lui accordait.

Est-ce de Delphes qu'il faudrait partir pour redescendre le fil du temps? Nous étions assis dans un café qui surplombait la vallée; on devinait à travers les baies vitrées la nuit froide et pure et ses myriades d'étoiles. Un petit orchestre jouait; il y avait deux couples de touristes américains, et beaucoup de gens du pays : des amoureux, des bandes de garçons, des familles. Une petite fille s'est mise à danser, elle avait trois ou quatre ans; minuscule, brune, les yeux noirs, une robe jaune évasée en corolle autour de ses genoux, des chaussettes blanches; elle tournait sur elle-même, les bras soulevés, le visage noyé d'extase, l'air tout à fait folle. Transportée par la musique, éblouie, grisée, transfigurée, éperdue. Placide et grasse, sa mère bavardait avec une autre grosse femme, tout en faisant aller et venir une voiture d'enfant avec un bébé dedans; insensible à la musique, à la nuit, elle jetait parfois un regard bovin sur la petite inspirée.

— Tu as vu la gosse?

— Charmante, a dit papa avec indifférence.

Une charmante fillette qui deviendrait cette matrone. Non. Je ne voulais pas. Avais-je bu trop d'ouzo? Moi aussi j'étais possédée par cette enfant que la musique possédait. Cet instant passionné n'aurait pas de fin. La petite danseuse ne grandirait pas; pendant l'éternité elle tournerait sur elle-même et je la regarderais. Je refusais de l'oublier, de redevenir une jeune femme qui voyage avec son père; je refusais qu'un jour elle ressemblât à sa mère, ne se rappelant même pas avoir été cette adorable ménade. Petite condamnée à mort, affreuse mort sans cadavre. La vie allait l'assassiner. Je pensai à Catherine qu'on était en train d'assassiner.

J'ai dit brusquement : " Je n'aurais pas dû accepter d'envoyer Catherine chez une psychologue. " Papa m'a regardée d'un air surpris. Catherine était sans doute bien loin de son esprit.

— Pourquoi penses-tu à ça?

— J'y pense souvent. Je suis préoccupée. On m'a forcé la main, et je le regrette.

— Je ne suppose pas que ça lui fera du mal, a dit papa d'un air vague.

— Tu m'aurais envoyée chez un psychologue?

— Ah! non.

— Tu vois.

— Après tout, je ne sais pas; la question ne s'est pas posée : tu étais si équilibrée.

— En 45, j'étais assez déboussolée.

— Il y avait de quoi.

— Et aujourd'hui, il n'y a pas de quoi?

— Si, je pense que si. Sans doute à toute époque il est normal d'être effrayé quand on commence à découvrir le monde.

— Alors, si on la rassure, on la rend anormale, ai-je dit.

C'était une évidence et elle me foudroya. Sous prétexte de guérir Catherine de cette " sensiblerie " qui inquiétait Jean-Charles, on allait la mutiler. J'ai eu envie de rentrer le lendemain même, de la leur reprendre.

— Moi, j'aime mieux que les gens s'en tirent tout seuls. Au fond, j'ai dans l'idée — ne le répète pas, on me traiterait encore de vieil attardé — que toute cette psychologie, c'est du charlatanisme. Tu retrouveras Catherine comme tu l'as laissée.

— Tu crois?

— J'en suis convaincu.

Il s'est mis à parler de l'excursion qu'il avait pré-vue pour le lendemain. Il ne prenait pas au sérieux mes soucis; c'était naturel. Moi, je ne m'intéressais pas tant aux vieilles pierres qui le fascinaient. J'aurais été injuste de lui en vouloir. Non, ce n'est pas à Delphes que la ligne s'est brisée.

Mycènes. Peut-être est-ce à Mycènes. A quel moment exactement? Nous avons gravi un chemin caillouteux; le vent soulevait des tourbillons de poussière. Soudain j'ai vu cette porte, les deux lionnes décapitées et j'ai senti... était-ce là le choc dont mon père me parlait? Je dirais plutôt : une panique. J'ai suivi la Voie Royale, j'ai vu les ter- rasses, les murailles, et le paysage qu'apercevait Clytemnestre quand elle guettait le retour d'Aga- memnon. Il me semblait être arrachée à moi-même. Où étais-je? Le siècle où des gens allaient, venaient, dormaient, mangeaient dans ce palais intact, je ne lui appartenais pas. Et ma vie à moi n'avait rien à faire de ces ruines. Qu'est-ce que c'est, une ruine? Ce n'est ni le présent, ni le passé, et ce n'est pas non plus l'éternité : un jour sans doute elle disparaîtrait. Je me disais : " Comme c'est beau! " et j'étais au bord d'un vertige, prise dans un tourbillon, ballot- tée, niée, réduite à *rien*. J'aurais voulu rentrer en courant au Pavillon du tourisme et passer la journée à lire des romans policiers. Un groupe d'Américains prenait des photographies : " Quels barbares! a dit papa. Ils photographient pour se dispenser de regar- der. " Il me parlait de la civilisation mycénienne, de la grandeur des Atrides, de leur ruine qu'avait prédite Cassandre; un guide à la main il cherchait à identifier chaque pouce de terrain. Et je me disais qu'au fond, il faisait la même chose que les touristes dont il se moquait : il essayait de faire entrer dans sa vie ces vestiges d'un temps qui n'était pas le sien. Ils colleront les photos sur un album, ils les mon- treront à leurs amis. Lui il emportera dans sa tête des images avec leurs légendes, et il les rangera à leur place dans son musée intérieur; moi je n'avais ni album ni musée : je rencontrais la beauté, et je ne trouvais rien à en faire.

Sur le chemin du retour j'ai dit à papa :

— Je t'envie.

— Pourquoi?

— Ces choses signifient tant pour toi.

— Pas pour toi?

Il avait l'air déçu et j'ai dit vivement :

— Pour moi aussi. Mais je les comprends moins bien. Je n'ai pas ta culture.

— Lis donc ce livre que je t'ai passé.

— Je le lirai.

Même quand je l'aurai lu, me disais-je, ça ne me bouleversera pas de penser qu'on a trouvé le nom d'Atrée sur des tablettes, en Cappadoce. Je ne pourrai pas d'un instant à l'autre me prendre de passion pour ces histoires dont j'ignore tout. Il faudrait avoir longtemps vécu avec Homère et les tragiques grecs, avoir beaucoup voyagé, pouvoir comparer. Je me sens étrangère à tous ces siècles défunts et ils m'écrasent.

Une femme en noir est sortie d'un jardin et m'a fait signe. Je me suis approchée : elle m'a tendu la main en balbutiant; je lui ai donné quelques drachmes. J'ai dit à papa :

— Tu as vu?

— Qui? la mendiante?

— Ce n'est pas une mendiante. C'est une paysanne, même pas vieille. C'est terrible, un pays où les paysans mendient.

— Oui, la Grèce est pauvre, a dit papa.

Quand nous nous arrêtions dans quelque bourgade, j'avais été souvent gênée par le contraste entre tant de beauté et tant de misère. Papa m'avait affirmé, un jour, que les communautés vraiment pauvres — en Sardaigne, en Grèce — accèdent, grâce à leur ignorance de l'argent à des valeurs que nous avons perdues et à un austère bonheur. Mais les villageois du Péloponnèse n'avaient pas l'air contents du tout, ni les femmes qui cassaient des cailloux sur les routes, ni les fillettes portant des seaux d'eau trop lourds. Je passais outre. Nous n'étions pas venus ici pour nous apitoyer sur eux. Mais j'aurais tout de même voulu que papa me dise où exactement il avait rencontré des gens que leur dénuement comblait.

A Tyrinthe, à Épidaure, j'ai retrouvé par moments l'émotion qui m'avait saisie à Mycènes. J'étais très gaie cette nuit où nous sommes arrivés à Andritsena. Il était tard, nous avions roulé au clair de lune sur une route crevassée, au bord d'un précipice; papa conduisait d'un air absorbé; ensemble nous avions un peu sommeil, nous étions fatigués et nous nous sentions seuls au monde, à l'abri de notre maison mouvante où luisait doucement le tableau de bord tandis que les phares nous frayaient un chemin dans la pénombre.

— Il y a un hôtel charmant, m'avait dit papa. Rustique et soigné.

Il était onze heures quand nous nous sommes arrêtés sur la place du village devant une auberge aux volets fermés :

— Ce n'est pas l'hôtel de Mr. Kristopoulos, m'a-t-il dit.

— Cherchons-le.

Nous avons erré à pied dans de petites rues

désertes; pas une lumière aux fenêtres, pas d'autre
hôtel que celui-là. Papa a frappé à la porte; il a
appelé : pas de réponse. Il faisait très froid, coucher
dans la voiture n'aurait pas été drôle. Nous avons
recommencé à crier et à frapper. Du fond de la rue
un homme a débouché en courant : cheveux et
moustaches de jais, chemise blanche éblouissante.

— Vous êtes français?

— Oui.

— Je vous ai entendus appeler en français.
C'est jour de marché demain; l'hôtel est complet.

— Vous parlez très bien le français.

— Oh! pas bien. Mais j'aime la France...

Il souriait, d'un sourire aussi éclatant que sa
chemise. L'hôtel de Mr. Kristopoulos n'existait
plus, mais il allait nous trouver des lits. Nous
l'avons suivi : l'aventure me charmait. C'est le
genre d'aventure qui n'arrive jamais avec Jean-
Charles : on part, on s'arrête à l'heure et d'ailleurs
il a toujours retenu les chambres d'avance.

Le Grec a frappé à une porte, une femme s'est
montrée à la fenêtre. Oui, elle voulait bien nous louer
deux chambres. Nous avons remercié notre guide.

— J'aimerais tant vous rencontrer un moment
demain matin, pour parler de votre pays, nous
a-t-il dit.

— Bien volontiers. Où ça?

— Il y a un café sur la place.

— Entendu. Neuf heures, ça vous va?

— D'accord.

Dans une chambre carrelée de rouge, sous des
monceaux de couvertures, j'ai dormi d'un trait
jusqu'à ce que la main de papa sur mon épaule me
réveille.

— Nous sommes bien tombés : c'est jour de marché. Je ne sais pas si tu es comme moi mais j'adore les marchés.

— J'adorerai celui-ci.

La place était couverte de femmes en noir assises devant des paniers posés à même le sol : des œufs, des fromages de chèvre, des choux, quelques maigres poulets. Notre ami nous attendait devant le café. Il faisait froid : les marchandes devaient être gelées. Nous sommes entrés; je mourais de faim, mais il n'y avait rien à manger. L'arôme du café noir et épais m'a consolée.

Le Grec s'est mis à parler de la France; il était si heureux chaque fois qu'il rencontrait des Français! Quelle chance nous avions d'habiter dans un pays libre! Il aimait tant lire des livres français, des journaux français. Il a baissé la voix, sans doute plus par habitude que par prudence :

— Chez vous on ne met personne en prison pour ses opinions politiques.

Papa a eu un air compréhensif qui m'a étonnée : c'est vrai qu'il sait tant de choses; il est si modeste qu'on ne s'en rend pas compte. Il a demandé, à mi-voix :

— La répression est toujours aussi sévère?

Le Grec a hoché la tête :

— La prison d'Égine est pleine de communistes. Et si vous saviez comment on les traite!

— C'est aussi terrible que dans les camps?

— Aussi terrible. Mais ils ne nous briseront pas, a-t-il ajouté avec un peu d'emphase.

Il nous a interrogés sur la situation de la France. Papa m'a jeté un coup d'œil complice et il s'est mis à parler des difficultés de la classe ouvrière, de ses espoirs, de ses conquêtes : on l'aurait cru inscrit au parti communiste. Je m'amusais mais j'avais des crampes d'estomac. J'ai dit :

— Je vais voir si je trouve quelque chose à acheter.

J'ai erré sur la place. Des femmes, vêtues de noir elles aussi, discutaient avec les marchandes. « Un austère bonheur » : ce n'est pas du tout ce que je lisais sur ces visages rougis par le froid. Comment papa avait-il pu se tromper à ce point, lui d'ordinaire si perspicace? Sans doute n'avait-il vu ces pays qu'en été : avec le soleil, les fruits, les fleurs, ils sont sûrement plus gais.

J'ai acheté deux œufs que le patron m'a fait cuire à la coque. J'en ai décapité un et j'ai senti une affreuse odeur; j'ai ouvert l'autre; pourri aussi. Le Grec a été en chercher deux autres qu'on a fait cuire : tous les deux pourris.

— Comment ça se fait-il? Ils arrivent directement de la campagne.

— Le marché a lieu tous les quinze jours. Avec de la chance on tombe sur des œufs de la veille. Sinon... Il vaut mieux les manger durs, j'aurais dû vous prévenir.

— Je préfère ne pas les avoir mangés du tout.

Un peu plus tard, sur la route du temple de Bassae, j'ai dit à papa :

— Je ne pensais pas que la Grèce fût si pauvre.

— La guerre l'a ruinée, surtout la guerre civile.

— Il est gentil, ce type. Et tu as bien joué ton rôle : il est convaincu que nous sommes communistes.

— Les communistes d'ici, je les estime, parce

que c'est vrai qu'ils risquent la prison et même leur tête.

— Tu savais qu'il y avait tant de prisonniers politiques en Grèce?

— Bien sûr. J'avais un collègue qui nous bombardait de pétitions à signer contre les camps grecs.

— Tu signais?

— Une fois, oui. En principe je ne signe rien. D'abord parce que c'est parfaitement inefficace. Et puis, derrière toutes ces initiatives, en apparence humanitaires, il y a toujours des manœuvres politiques.

Nous sommes revenus à Athènes et j'ai insisté pour visiter le ville moderne. Nous avons marché autour de la place Omonia. Des gens mornes, mal vêtus, une odeur de suint. « Tu vois qu'il n'y a rien à voir », me disait papa. J'aurais voulu savoir ce qui se passait derrière ces visages éteints. A Paris aussi, j'ignore tout des gens que je coudoie, mais je suis trop occupée pour m'en soucier; à Athènes, je n'avais rien d'autre à faire.

— Il faudrait connaître des Grecs, ai-je dit.

— J'en ai connu. Ils n'étaient guère intéressants. D'ailleurs, à l'heure qu'il est, les gens de tous les pays se ressemblent.

— Tout de même, les problèmes ne sont pas les mêmes ici qu'en France.

— Ils sont terriblement quotidiens, ici comme là-bas.

Le contraste était beaucoup plus frappant qu'à Paris — pour moi du moins — entre le luxe des beaux quartiers et la tristesse de la foule.

— Je suppose que ce pays est plus gai l'été.

— La Grèce n'est pas gaie, m'a dit papa avec un soupçon de reproche; elle est belle.

Les Koraï étaient belles, les lèvres retroussées par un sourire, l'œil fixe, l'air gai et un peu bête. Je les ai aimées. Je savais que je ne les oublierais pas et j'aurais voulu quitter le Musée tout de suite après les avoir vues. Les autres sculptures, ces morceaux de bas-relief, ces frises, ces stèles, je n'arrivais pas à m'y intéresser. Une grande fatigue me venait, dans le corps et dans l'âme; j'admirais papa, sa puissance d'attention et de curiosité. Dans deux jours je le quitte et je ne le connais pas mieux qu'en arrivant : cette pensée que je retenais depuis... quand? m'a soudain transpercée. Nous sommes entrés dans une salle pleine de vases, et j'ai vu qu'il y avait des salles et des salles en enfilade, toutes pleines de vases. Papa s'est planté devant une vitrine, il a commencé à m'énumérer les époques, les styles, leurs particularités : période homérique, période archaïque, vases à figures noires, à figures rouges, à fond blanc; il m'expliquait les scènes représentées sur leurs flancs. Debout à côté de moi, il s'éloignait, tout au fond de l'enfilade des salles au parquet brillant; ou c'était moi qui coulais à pic, dans un gouffre d'indifférence; en tout cas il y avait maintenant entre nous une distance infranchissable, parce que pour lui une différence de couleur, le dessin d'une palmette ou d'un oiseau c'était l'objet d'un étonnement, d'un plaisir qui le renvoyait à d'anciens bonheurs, à tout son passé. Moi, ces vases m'assommaient et comme nous avancions de vitrine en vitrine mon ennui s'exaspérait jusqu'à l'angoisse en même temps que je pensais : « J'ai tout manqué. »

Je me suis arrêtée en disant : « Je n'en peux plus! »

— En effet, tu ne tiens plus debout : tu aurais dû le dire avant!

Il était navré, supposant sans doute quelque faiblesse féminine qui me mettait soudain au bord de l'évanouissement. Il m'a ramenée à l'hôtel. J'ai bu un xérès en essayant de lui parler des Koraï. Mais il me semblait hors d'atteinte, et déçu.

Le lendemain matin je l'ai laissé entrer seul dans le musée de l'Acropole.

— J'aime mieux revoir le Parthénon.

L'air était doux; je regardais le ciel, le temple et j'éprouvais un amer sentiment de défaite. Des groupes, des couples écoutaient les guides avec un intérêt poli ou en se retenant de bâiller. D'adroites réclames les avaient persuadés qu'ils goûteraient ici des extases indicibles; et personne au retour n'oserait avouer être resté de glace; ils exhorteraient leurs amis à aller voir Athènes et la chaîne de mensonges se perpétuerait, les belles images demeurant intactes en dépit de toutes les désillusions. Tout de même je revois ce jeune couple et ces deux femmes moins jeunes qui montaient doucement vers le temple et qui se parlaient, et se souriaient, et s'arrêtaient et regardaient avec un air de calme bonheur. Pourquoi pas moi? Pourquoi suis-je incapable d'aimer des choses que je sais dignes d'amour?

Marthe entre dans la chambre :

— Je t'ai préparé un bouillon.

— Je n'en veux pas.

— Force-toi un peu.

Pour leur faire plaisir, Laurence l'avale. Deux jours qu'elle n'a pas mangé. Et après? puisqu'elle

n'a pas faim. Leurs regards inquiets. Elle a vidé
la tasse, et son cœur se met à battre, elle se couvre
de sueur. Juste le temps de se précipiter à la salle
de bains et de vomir; comme avant-hier et le jour
d'avant. Quel soulagement! Elle voudrait se vider
plus entièrement encore, se vomir tout entière.
Elle se rince la bouche, se jette sur son lit épuisée,
calmée.

— Tu ne l'as pas gardé? dit Marthe.

— Je t'ai dit que je ne peux pas manger.

— Il faut absolument que tu voies un médecin.

— Je ne veux pas.

Que peut un médecin? et à quoi bon? Maintenant
qu'elle a vomi, elle se sent bien. Il fait nuit en elle;
elle s'abandonne à la nuit. Elle pense à une histoire
qu'elle a lue : une taupe tâtonne à travers des
galeries souterraines, elle en sort et sent la fraîcheur
de l'air; mais elle ne sait pas inventer d'ouvrir les
yeux. Elle se la raconte autrement : la taupe dans
son souterrain invente d'ouvrir les yeux, et elle
voit que tout est noir. Ça n'a aucun sens.

Jean-Charles s'assied à son chevet, lui prend la
main :

— Mon chéri, essaie de me dire ce qui ne va pas?
Le docteur Lebel, avec qui j'ai causé, pense que tu
as une grosse contrariété...

— Tout va très bien.

— Il a parlé d'anorexie. Il va venir tout à l'heure.

— Non!

— Alors sors-toi de là. Réfléchis. On n'est pas
anorexique sans raison : trouve la raison.

Elle retire sa main.

— Je suis fatiguée, laisse-moi.

Des contrariétés, oui, se dit-elle quand il est sorti de la chambre, mais pas sérieuses au point de l'empêcher de se lever et de manger. J'avais le cœur gros dans la Caravelle qui me ramenait à Paris. Je n'avais pas réussi à m'évader de ma prison, je la voyais se refermer sur moi tandis que l'avion plongeait dans le brouillard.

Jean-Charles était à l'aérodrome :

— Vous avez fait un beau voyage?

— Formidable!

Elle ne mentait pas, elle ne disait pas la vérité. Tous ces mots qu'on dit! Des mots... A la maison, les enfants m'ont accueillie avec des cris de joie, des bonds, des baisers et un tas de questions. Il y avait des fleurs dans tous les vases. J'ai distribué les poupées, les jupes, les écharpes, les albums, les photos et j'ai commencé à raconter un formidable voyage. Et puis j'ai rangé mes vêtements dans mon armoire. Je n'avais pas l'impression de jouer à la jeune femme qui retrouve son foyer : c'était pire. Je n'étais pas une image; mais pas autre chose non plus : rien. Les pierres de l'Acropole ne m'étaient pas plus étrangères que cet appartement. Seule Catherine...

— Comment va-t-elle?

— Très bien il me semble, m'a dit Jean-Charles. La psychologue voudrait que tu lui téléphones le plus tôt possible.

— D'accord.

J'ai causé avec Catherine; Brigitte l'avait invitée à passer les vacances de Pâques avec elle, dans une maison qui appartenait à sa famille, près du lac des Settons; je voulais bien? Oui. Elle savait bien que je dirais oui, et elle était contente. Elle s'enten-

170

dait très bien avec Mme Frossard : chez elle, elle dessinait, ou jouait à des jeux, elle s'amusait.

C'est peut-être classique la rivalité mère-psychiatre : en tout cas je n'y échappais pas. J'avais vu à deux reprises Mme Frossard, sans sympathie : aimable, l'air compétente, posant des questions adroites, enregistrant et cataloguant rapidement les réponses. Quand je l'avais quittée, la seconde fois, elle en savait sur ma fille presque aussi long que moi. Avant de partir pour la Grèce, je lui avais téléphoné : elle ne m'avait rien dit; la cure commençait à peine. "Et maintenant?" me demandais-je en sonnant chez elle. J'étais sur la défensive : hérissée de fils de fer barbelés. Elle n'a pas paru s'en apercevoir et m'a exposé la situation d'une voix souriante. En gros, Catherine a un bon équilibre affectif; elle m'aime énormément, et beaucoup aussi Louise; pas assez son père à qui il faut demander un effort. Ses sentiments pour Brigitte n'ont rien d'excessif. Seulement, plus âgée qu'elle et précoce, celle-ci a avec elle des conversations qui la perturbent.

— Pourtant elle m'avait promis de faire attention; et c'est une enfant très loyale.

— Mais, chère madame, comment voulez-vous qu'une fillette de douze ans mesure exactement ses paroles? Elle garde peut-être certaines choses pour elle; elle en raconte d'autres que Catherine encaisse mal. Dans ses dessins, ses associations d'idées, ses réponses aux tests, son angoisse saute aux yeux.

En vérité je savais. Je n'avais pas attendu Mme Frossard pour comprendre que j'avais demandé l'impossible à Brigitte : l'amitié implique qu'on se parle à cœur ouvert. La seule manière de protéger

Catherine contre elle était d'empêcher les deux enfants de se voir : c'est la conclusion à laquelle aboutissait Mme Frossard. Il ne s'agissait pas en ce cas d'une de ces irrésistibles passions enfantines auxquelles il est dangereux de s'attaquer brutalement. Si on espaçait avec tact leurs rencontres, Catherine n'en serait pas bouleversée. Je devais m'arranger pour que, d'ici les grandes vacances, elles se voient moins et que l'an prochain elles ne soient plus dans la même classe. Il serait bon aussi de trouver pour ma fille d'autres amies, plus enfantines.

— Tu vois! j'avais raison, m'a dit Jean-Charles d'une voix triomphante. C'est cette petite qui a désaxé Catherine.

J'entends encore cette voix; je revois Brigitte, l'épingle fichée dans son ourlet : " Bonjour, m'dame "; et le nœud se resserre dans ma gorge. C'est précieux une amitié. Si j'avais une amie, je lui parlerais au lieu de rester prostrée.

— D'abord nous la gardons à Pâques.

— Elle sera navrée.

— Pas si nous lui proposons quelque chose de plus alléchant.

Jean-Charles s'est animé : Catherine est fascinée par les photos que j'ai rapportées de Grèce; eh bien! nous l'emmènerons à Rome avec Louise. Au retour il faudra lui trouver des occupations qui l'absorbent : des sports, ou de la danse. Du cheval! ça c'était une idée formidable; même affectivement. Remplacer une amie par un cheval! J'ai discuté. Mais Jean-Charles était décidé. Rome et des leçons d'équitation.

Catherine a eu l'air perplexe quand j'ai parlé d'un voyage à Rome : " J'ai promis à Brigitte; ça va lui faire de la peine. "

— Elle comprendra. Un voyage à Rome : ça n'arrive pas tous les jours. Tu n'en as pas envie?

— J'aurais bien aimé aller chez Brigitte.

Elle a le cœur gros. Mais une fois à Rome, elle se passionnera c'est sûr. Elle ne pensera guère à son amie. Un peu de doigté, et l'an prochain elle l'aura complètement oubliée.

La gorge de Laurence se contracte. Jean-Charles n'aurait pas dû, le lendemain, discuter en public le cas de Catherine. Une trahison, un viol. Quel romantisme! Mais une sorte de honte l'étouffe, comme si elle était Catherine et qu'elle eût surpris leurs propos. Son père, Marthe, Hubert, Jean-Charles, elle-même, ils dînaient tous chez Dominique. (Maman prenant goût aux réunions de famille! on aura tout vu! et la courtoisie de papa à son égard!)

— Ma sœur m'a raconté un cas tout à fait analogue, a-t-il dit. En quatrième une de ses meilleures élèves s'est liée avec une camarade plus âgée, et dont la mère était malgache. Toute sa vision du monde a été transformée; et son caractère aussi.

— Les a-t-on séparées? ai-je demandé.

— Ça, je ne sais pas.

— Quand on consulte un spécialiste, il faut suivre ses conseils il me semble, a dit Dominique. Tu ne trouves pas? a-t-elle demandé à papa d'un air déférent, comme si elle attachait un poids énorme à son opinion.

Je comprenais qu'elle soit touchée par sa sollicitude : elle a tant besoin d'estime, d'amitié. Ce qui me mettait mal à l'aise c'est qu'il se laissât prendre à ses coquetteries.

— Ça paraît logique.

Cette voix hésitante. A Delphes pourtant, quand nous regardions danser l'enfant folle de musique, il était de mon avis.

— A mon sens, le problème est ailleurs, a dit Marthe.

Elle a répété que pour un enfant un monde sans Dieu était invivable. Nous n'avions pas le droit de priver Catherine des consolations de la religion. Hubert mangeait en silence. Il devait combiner de tortueux échanges de porte-clés, c'est sa dernière lubie.

— C'est tout de même important d'avoir une amie! ai-je dit.

— Tu t'en es très bien passée, m'a répondu Dominique.

— Pas si bien que tu crois.

— Eh bien! on lui en trouvera une autre, a dit Jean-Charles. Celle-ci ne lui convient pas puisqu'elle pleure, qu'elle a des cauchemars, qu'elle suit mal ses classes et que Mme Frossard la trouve légèrement désaxée.

— Il faut l'aider à reprendre son équilibre. Mais pas en la séparant de Brigitte. Voyons, papa, à Delphes, tu disais qu'il est normal d'être tourne-boulé quand on commence à découvrir le monde.

— Il y a des choses normales qu'il vaut mieux éviter; c'est normal de crier si on se brûle! mieux vaut ne pas se brûler. Si la psychologue la trouve désaxée...

— Mais tu ne crois pas aux psychologues!

J'ai senti que ma voix se montait. Jean-Charles m'a jeté un coup d'œil mécontent.

— Écoute, puisque Catherine accepte de partir avec nous sans faire de drame, n'en fais pas non plus.

— Elle ne fait pas de drame?

— Absolument pas.

— Alors!

Son père et Dominique l'ont dit ensemble : Alors? Hubert a hoché la tête, d'un air entendu. Laurence s'est obligée à manger, mais c'est alors qu'elle a eu le premier spasme. Elle se savait vaincue. On n'a pas raison contre tout le monde, elle n'a jamais été assez arrogante pour penser ça. (Il y a eu Galilée, Pasteur, et d'autres que nous citait Mlle Houchet. Mais je ne me prends pas pour Galilée.) Donc à Pâques — elle sera guérie, bien sûr, c'est l'affaire de quelques jours, on se dégoûte de manger pendant quelques jours et forcément ça finit par se tasser — ils emmèneront Catherine à Rome. L'estomac de Laurence se crispe. Elle ne pourra peut-être pas manger avant longtemps. La psychologue dirait qu'elle fait exprès de se rendre malade parce qu'elle ne veut pas emmener Catherine. Absurde. Si vraiment elle ne voulait pas, elle refuserait, elle se battrait. Ils seraient tous obligés de céder.

Tous. Parce que tous sont contre elle. Et de nouveau fond sur elle l'image qu'elle refoule avec le plus de violence, qui surgit dès que sa vigilance se relâche : Jean-Charles, papa, Dominique, souriant comme sur une affiche américaine vantant une marque de *oat-meal*. Réconciliés, s'abandonnant ensemble aux gaietés de la vie de famille. Et les différences qui paraissaient essentielles n'avaient pas tant d'importance après tout. Elle seule est différente; rejetée; incapable de vivre; incapable d'aimer. Des deux mains elle s'accroche à ses draps. Voici venir ce qu'elle redoute plus que la mort : un de ces moments où tout s'effondre; son corps est de pierre, elle voudrait hurler; mais la pierre n'a pas de voix; ni de larmes.

Je n'ai pas voulu croire Dominique; c'était trois jours après ce dîner, huit jours après notre retour de Grèce. Elle m'a dit :

— Figure-toi que nous pensons à revivre ensemble, ton père et moi.

— Quoi? toi et papa?

— Ça t'étonne tant que ça? pourquoi donc? Au fond nous avons beaucoup de choses en commun. D'abord tout un passé; et toi et Marthe et vos enfants.

— Vos goûts sont si différents.

— Ils l'étaient. Nous avons un peu changé en vieillissant.

" Du calme ", me disais-je. Il y avait des fleurs printanières dans le salon : des jacinthes, des primevères. Des cadeaux de papa ou changeait-elle son style? Qui imitait-elle? la femme qu'elle souhaitait devenir? Elle parlait. Je laissais les mots glisser sur moi en me retenant encore d'y croire : si souvent elle se raconte des histoires. Elle avait besoin de sécurité, d'affection, d'estime. Et il en avait pour elle, beaucoup. Il se rendait compte qu'il l'avait mal jugée, que sa mondanité, son ambition, c'était une forme de vitalité. Et justement, il avait besoin de quelqu'un de vivant à ses côtés. Il se sentait seul, il s'ennuyait; les livres, la musique, la culture, c'est bien joli mais ça ne remplit pas une existence. Il fallait reconnaître qu'il était resté très séduisant. Et puis il avait évolué. Il comprenait que le négativisme, c'est stérile. Elle lui avait proposé, étant donné sa connaissance de la vie parlementaire, de prendre part à un débat à la radio : " Tu n'imagines pas le plaisir que ça lui a fait. " La voix coulait, égale, satisfaite, dans la tiédeur du salon où avaient retenti de si horribles cris. " On supporte, on supporte. " Gilbert avait raison. On crie, on pleure, on se convulse comme s'il y avait dans la vie quelque chose digne de ces cris, ces larmes, ces agitations. Et ce n'est même pas vrai. Rien n'est irréparable parce que rien n'a d'importance. Pourquoi ne pas rester au lit toute sa vie?

— Mais voyons, ai-je dit, tu trouves la vie de papa si terne!

Je ne comprenais pas. Dominique n'avait pas brusquement changé d'avis sur papa; elle ne s'était pas convertie à sa vision du monde ni résignée à partager ce qu'elle appelait sa médiocrité.

— Ah! je garderai la mienne, a-t-elle dit vivement. Là-dessus, nous sommes tout à fait d'accord : à chacun ses occupations et son milieu.

— Une espèce de coexistence pacifique?

— Si tu veux.

— Alors pourquoi ne pas vous contenter de vous voir de temps en temps?

— Décidément tu ne connais pas le monde, tu ne te rends pas compte! a dit Dominique.

Pendant un moment elle a gardé le silence; visiblement ce qu'elle agitait dans sa tête n'avait rien d'agréable.

— Je te l'ai dit déjà, une femme sans homme, socialement c'est une déclassée; c'est équivoque. Je sais que déjà on m'attribue des gigolos; et d'ailleurs il y en a qui se proposent.

— Mais pourquoi papa? Tu aurais pu choisir un homme plus brillant, ai-je dit en soulignant le dernier mot.

— Brillant? Comparé à Gilbert personne n'est brillant. J'aurais l'air de me contenter d'un ersatz. Ton père, c'est tout à fait autre chose. Sur son visage a passé une expression rêveuse qui s'accordait aux jacinthes, aux primevères : — Deux époux qui se retrouvent après une longue séparation pour aborder ensemble la vieillesse, les gens seront peut-être étonnés, mais ils ne ricaneront pas.

J'en étais moins sûre qu'elle; mais maintenant je comprenais. Sécurité, respectabilité : voilà le premier de ses besoins. De nouvelles liaisons la ravaleraient au niveau des femmes faciles; et un mari ne se trouve pas si aisément. J'entrevoyais le personnage qu'elle allait se construire : une femme arrivée, une femme à succès mais qui s'est détachée des frivolités, qui leur préfère des joies plus secrètes, plus difficiles, plus intimes.

Mais papa était-il d'accord? Laurence a passé voir son père le soir même. Cet appartement d'homme seul, qui lui plaisait tant, avec des journaux et des livres en vrac, son odeur vieillotte. Presque tout de suite elle a demandé en se forçant à sourire :

— Est-ce vrai ce que raconte Dominique, que vous allez revivre ensemble?

— Eh bien! si étonnant que ça puisse te paraître, oui.

Il avait l'air un peu embarrassé : il se rappelait ce qu'il avait dit de Dominique.

— Oui, j'avoue que ça m'étonne. Tu tenais tant à ta solitude.

— Je ne suis pas obligé de la perdre si je m'installe chez ta mère. Son appartement est très grand. Naturellement, à nos âges, nous avons tous deux besoin d'indépendance.

Elle a dit lentement :

— Je suppose que c'est une bonne idée.

— Je le crois. Je vis trop replié sur moi. Il faut tout de même garder contact avec le monde. Et Dominique a mûri, tu sais; elle me comprend beaucoup mieux qu'autrefois.

Ils avaient parlé de choses et d'autres, et évoqué des souvenirs de Grèce. Le soir elle avait vomi son dîner; elle ne s'était pas levée le lendemain; ni le jour suivant, terrassée par une galopade d'images et de mots qui défilaient dans sa tête, se battant entre eux comme des kriss malais dans un tiroir fermé (si on l'ouvre, tout est en ordre). Elle ouvre le tiroir. Je suis tout simplement jalouse. Œdipe mal liquidé, ma mère demeurant ma rivale. Électre, Agamemnon. Est-ce pour cela que Mycènes m'a tant émue? Non. Non. Billevesées. Mycènes était belle, c'est sa beauté qui m'a touchée. Le tiroir est refermé, les kriss se battent. Je suis jalouse mais surtout, surtout... Elle respire trop vite, elle halète. Ce n'était donc pas vrai qu'il possédait la sagesse et la joie et que son propre rayonnement lui suffisait! Ce secret qu'elle se reprochait de n'avoir pas su découvrir, peut-être qu'après tout il n'existait pas. Il n'existait pas : elle le sait depuis la Grèce. J'ai été *déçue*. Le mot la poignarde. Elle serre son mouchoir contre ses dents comme pour arrêter le cri qu'elle est incapable de pousser. Je suis déçue. J'ai raison de l'être. " Tu n'imagines pas le plaisir que ça lui a fait! " Et lui : " Elle me comprend mieux qu'autrefois. " Il s'est senti flatté. *Flatté*, lui qui regardait le monde de si haut avec un souriant détachement, lui qui savait la vanité de toutes choses et qui avait trouvé la sérénité par-delà le désespoir. Lui qui ne transigeait pas, il parlerait à cette radio qu'il accusait de mensonge et de servilité. Il n'était pas d'une autre espèce. Mona me dirait : " Ben quoi! c'est deux gouttes d'eau. "

Elle a somnolé, épuisée. Quand elle ouvre les yeux, Jean-Charles est là :

— Mon chéri, il faut absolument que tu acceptes de voir le docteur.

— Pour quoi faire?

— Il parlera avec toi; il t'aidera à comprendre ce qui t'arrive.

Elle sursaute :

— Non, jamais! Je ne me laisserai pas manipuler. Elle crie : — Non! Non!

— Calme-toi.

Elle retombe sur son oreiller. Ils la forceront à manger, ils lui feront tout avaler; tout quoi? tout ce qu'elle vomit, sa vie, celle des autres avec leurs fausses amours, leurs histoires d'argent, leurs mensonges. Ils la guériront de ses refus, de son désespoir. Non. Pourquoi non? Cette taupe qui ouvre les yeux et voit qu'il fait noir, à quoi ça l'avance-t-il? Refermer les yeux. Et Catherine? lui clouer les paupières? " Non "; elle a crié tout haut. Pas Catherine. Je ne permettrai pas qu'on lui fasse ce

180

qu'on m'a fait. Qu'a-t-on fait de moi? Cette femme qui n'aime personne, insensible aux beautés du monde, incapable même de pleurer, cette femme que je vomis. Catherine : au contraire lui ouvrir les yeux tout de suite et peut-être un rayon de lumière filtrera jusqu'à elle, peut-être elle s'en sortira... De quoi? De cette nuit. De l'ignorance, de l'indifférence. Catherine... Elle se redresse soudain.

— On ne lui fera pas ce qu'on m'a fait.

— Calme-toi.

Jean-Charles lui prend le poignet, son regard vacille comme s'il avait envie d'appeler au secours; si autoritaire, si sûr d'avoir raison, et le moindre imprévu suffit à l'effrayer.

— Je ne me calmerai pas. Je ne veux pas de médecin. C'est vous qui me rendez malade, et je me guérirai toute seule parce que je ne vous céderai pas. Sur Catherine je ne céderai pas. Moi, c'est foutu, j'ai été eue, j'y suis, j'y reste. Mais elle, on ne la mutilera pas. Je ne veux pas qu'on la prive de son amie; je veux qu'elle passe ses vacances chez Brigitte. Et elle ne verra plus cette psychologue.

Laurence rejette ses couvertures, elle se lève, elle enfile un peignoir, elle surprend le regard effaré de Jean-Charles.

— N'appelle pas le médecin, je ne déraille pas. Je dis ce que je pense, c'est tout. Oh! ne fais pas cette tête-là.

— Je ne comprends rien à ce que tu racontes.

Laurence fait un effort, elle prend une voix raisonnable :

— C'est simple. C'est moi qui m'occupe de

Catherine. Toi tu interviens de loin en loin. Mais c'est moi qui l'élève, et c'est à moi de prendre des décisions. Je les prends. Élever un enfant, ce n'est pas en faire une belle image...

Malgré elle, la voix de Laurence se monte, elle parle, elle parle, elle ne sait pas exactement ce qu'elle dit, peu importe, l'important c'est de crier plus fort que Jean-Charles et que tous les autres, de les réduire au silence. Son cœur bat très fort, ses yeux brûlent :

— J'ai pris mes décisions, et je ne céderai pas.

Jean-Charles semble de plus en plus décontenancé; il murmure d'un ton apaisant :

— Pourquoi ne m'as-tu pas dit tout ça avant? Ce n'était pas la peine de te rendre malade. Je ne savais pas que tu prenais cette histoire tellement à cœur.

— A cœur, oui; je n'ai peut-être plus de cœur, mais cette histoire, je la prends à cœur.

Elle le regarde, droit dans les yeux, il détourne la tête :

— Tu aurais dû me parler avant.

— Peut-être. En tout cas maintenant c'est fait.

Jean-Charles est têtu; mais au fond, cette amitié entre Catherine et Brigitte, il ne la prend guère au sérieux; toute cette affaire est trop enfantine pour vraiment l'intéresser. Et ça n'a pas été drôle, il y a cinq ans, il n'a pas envie que je craque de nouveau. Si je tiens bon, je gagne.

— Si tu veux la guerre, ce sera la guerre.

Il hausse les épaules :

— Entre nous, la guerre? A qui crois-tu parler?

— Je ne sais pas. Ça dépend de toi.

— Je ne t'ai jamais contrariée, dit Jean-Charles.

Il réfléchit :

— C'est vrai que tu t'occupes beaucoup plus que moi de Catherine. En dernier ressort, c'est à toi de décider. Je n'ai jamais prétendu le contraire. Il ajoute, avec mauvaise humeur : — Tout aurait été bien plus simple si tu t'étais expliquée tout de suite.

Elle s'arrache un sourire :

— J'ai eu tort. Moi non plus je n'aime pas te contrarier.

Ils se taisent.

— Alors c'est entendu? reprend-elle, Catherine passe ses vacances chez Brigitte?

— Si c'est ce que tu veux.

— Oui.

Laurence brosse ses cheveux, elle remet un peu d'ordre dans son visage. Pour moi les jeux sont faits, pense-t-elle en regardant son image — un peu pâle, les traits tirés. Mais les enfants auront leur chance. Quelle chance? elle ne le sait même pas.

DU MÊME AUTEUR

Aux Éditions Gallimard

Romans

L'INVITÉE (1943).

LE SANG DES AUTRES (1945).

TOUS LES HOMMES SONT MORTELS (1946).

LES MANDARINS (1954).

LES BELLES IMAGES (1966).

QUAND PRIME LE SPIRITUEL (1979).

Récit

UNE MORT TRÈS DOUCE (1964).

Nouvelle

LA FEMME ROMPUE (1968).

Théâtre

LES BOUCHES INUTILES (1945).

Essais – Littérature

PYRRHUS ET CINÉAS (1944).

POUR UNE MORALE DE L'AMBIGUÏTÉ (1947).

L'AMÉRIQUE AU JOUR LE JOUR (1948).

LE DEUXIÈME SEXE, I ET II (1949).

PRIVILÈGES (1955). (Repris dans la coll. Idées sous le titre FAUT-IL BRÛLER SADE?).

LA LONGUE MARCHE, *essai sur la Chine* (1957).

MÉMOIRES D'UNE JEUNE FILLE RANGÉE (1958).

LA FORCE DE L'ÂGE (1960).

LA FORCE DES CHOSES (1963).

LA VIEILLESSE (1970).

TOUT COMPTE FAIT (1972).

LES ÉCRITS DE SIMONE DE BEAUVOIR (1979),
par Claude Francis et Fernande Gontier.

LA CÉRÉMONIE DES ADIEUX suivi de ENTRETIENS AVEC
JEAN-PAUL SARTRE, août-septembre 1974 (1981).

Témoignage

DJAMILA BOUPACHA (1962), en collaboration avec Gisèle Halimi.

Scénario

SIMONE DE BEAUVOIR (1979), un film de Josée Dayan et Malka
Ribowska, réalisé par Josée Dayan.

Impression Société Nouvelle Firmin-Didot
le 28 septembre 1994.
Dépôt légal : septembre 1994.
1er dépôt légal dans la collection : novembre 1972.
Numéro d'imprimeur : 28267.
ISBN 2-07-036243-4/Imprimé en France.